Roger Don

Folla

Roman

ISBN : 978-3-98881-813-3

10 9 8 7 6 5 4 3 2 1

Roger Dombre

Folla

Roman

Table de Matières

Chapitre I

En veine de paresse

Verbe *marcher* à l'indicatif présent : Je marches Tu marche Il parle Nous marchons Vous marchent Ils marchez.

Imparfait : Je marches Il marchat Nous marchons Vous marchiez Ils marchent.

Le reste de la page était à l'avenant ; vous jugez par cet échantillon de l'application de l'élève. Elle trempait cependant sa plume jusqu'au fond de l'encrier, ce qui rendait ses petits doigts bien noirs, et elle soupirait bien fort. Or il est de foi que les soupirs n'avancent pas les devoirs, au contraire.

Et si vous aviez vu ce cahier saturé de taches, de ratures et de corrections !

Lassée d'avoir écrit jusqu'au futur tant bien que mal, la fillette posa son porte-plume et leva le nez, un joli petit nez, ni rond ni pointu, sous lequel souriaient une bouche rose et de petites dents de nacre.

Elle s'appelait Sophie, notre paresseuse ; mais elle portait si mal son nom (car vous n'ignorez pas que Sophie veut dire sagesse), qu'on la surnommait *Folla*, ce qui lui seyait infiniment mieux.

Folla avait, outre sa bouche rose qui riait toujours, une chevelure foncée et bouclée en constante rébellion, un menton à fossette et de grands yeux noirs, vifs et pétillants, qui devenaient doux comme une caresse lorsqu'elle était sérieuse un instant.

Folla avait neuf ans ; la vie ne pesait guère à ses mignonnes petites épaules, par conséquent ; elle jouait sans cesse, et elle avait bien mal employé ces quelques années, ce qu'elle regrettera plus tard, vous le verrez.

Au jour où nous la trouvons à la salle d'étude, bâillant sur sa page chiffonnée, elle ne savait pas encore écrire correctement un temps de verbe ; les quatre règles de l'arithmétique se brouillaient dans sa petite tête de linotte, et les leçons quotidiennes étaient généralement à reprendre à la récréation. Aussi les livres, passablement écornés, avaient-ils reçu d'abondantes averses de larmes sur leurs pages ramollies.

Et pourtant, sans son incurable paresse, Folla eût été une adorable enfant, non par sa beauté et son espièglerie, dons, comme vous le savez, purement accessoires, mais à cause de son cœur d'or et de sa franchise excessive.

Tout le monde l'aimait à la Seille, non seulement les maîtres de la maison, mais les domestiques, les gens de la ferme, même les animaux, et les pauvres qui passaient, quêtant un morceau de pain ou un sou.

Mais revenons à la peu studieuse écolière, qui avait déposé sa plume sur le bord du bureau, comme si elle eût été à bout de forces pour avoir barbouillé une page.

Sauter de sa chaise à la fenêtre (en passant par la table, bien entendu) fut l'affaire d'une seconde.

Folla pencha sa tête brune au dehors, dans un rayon de soleil qui l'enveloppait d'une lumière éblouissante.

« Sapho ! ici, Sapho ! » cria-t-elle à un beau chien bondissant qui vint s'arc-bouter des deux pattes sur le rebord de la croisée ouverte. Et les deux amis firent d'incroyables efforts, l'une pour tendre sa joue ronde, l'autre pour allonger sa grande langue rose.

« Sapho, veux-tu achever mon verbe ? Tu serais bien gentil ! »

La brave bête ne répondit qu'en remuant la queue.

« C'est heureux, les chiens ! pensa la fillette soudain songeuse ; ça n'apprend rien, ni l'histoire, ni la grammaire, ni surtout le calcul. Oui, c'est bien heureux, les chiens ! » ajouta-t-elle dans un soupir, en jetant un regard d'envie sur la pelouse veloutée où Sapho retournait s'étendre, puis sur les beaux arbres du parc tout verts et touffus depuis quelques semaines, et sur la pièce d'eau où naviguaient les cygnes orgueilleux, leurs longs cous onduleux blancs comme la neige, plongeant gracieusement par intervalle dans l'eau bleue.

Tout à coup, sous le balcon de la salle d'étude, qui était au rez-de-chaussée, apparut le bonnet de dentelle noire de Mme Milane :

« Arthur ! cria-t-elle en levant sa tête rouge et animée vers les croisées du premier.

– Qu'est-ce, ma bonne amie ? répondit une voix masculine.

– Du vermicelle ou du riz ?

Chapitre I

– Ah ! c'est le jour du bouillon ? Eh bien, va pour le vermicelle, voilà deux fois qu'on nous sert le potage au riz ; et puis la petite l'aime mieux.

– Bien ! » Et le front de la vieille dame s'abaissa et disparut bientôt dans les sous-sols, où Mme Milane élaborait avec sa cuisinière un dîner soigné.

« Bon, se dit Folla, qui avait éclipsé sa mignonne personne derrière la persienne pendant ce court colloque, voilà qu'on parle de bouillon : ça prouve que six heures approchent. Fraülen va ramener Juliette de sa leçon de piano, et je serai grondée ; aussi il n'y a pas de bon sens de me donner à faire un verbe tout entier en une fois. Et mon thème anglais, qui n'est même pas commencé. Voilà qu'on va encore me punir, et c'est demain dimanche ! Je n'ai jamais de chance, moi. Si Juliette pouvait revenir sans Fraülen, elle m'aiderait ; mais elles rentreront ensemble. Si mademoiselle pouvait avoir la migraine !... »

Folla rougit aussitôt de sa mauvais pensée :

« Voilà que je deviens méchante, maintenant ! Souhaiter du mal à ma maîtresse ! Je l'aime pourtant bien..., surtout quand elle ne gronde pas. Voyons, écrivons vite. »

Futur antérieur : J'aurai marché Tu seras marché Nous aurions marché...

« Moi, j'aimerais mieux du riz ; le vermicelle, ça n'en finit plus...

Vous auriez marché...

« Bien ! j'entends la voix de Fraülen ! Mon Dieu, mon Dieu ! que va-t-elle dire ! Elle me privera de ma leçon de musique de mardi, et j'ai déjà manqué celle d'aujourd'hui ; moi qui aime tant la musique et M. Walter ! Dire qu'on n'a pas plutôt l'idée de me priver de dessert ! »

Au même instant, comme Folla, rouge et confuse, baissait le nez sur son cahier, une autre fillette du même âge environ entrait dans la salle d'étude.

Juliette était plus grande et plus élancée que Folla. C'était une fort jolie enfant, aussi blonde, d'un blond foncé, avec un teint blond et rose, des traits fins et de beaux yeux noisette au regard tranquille et un peu fier. Seulement il manquait à sa figure l'expression de bonté et de franchise infinie qui se lisait sur celle de sa campagne.

Les deux petites filles ne se ressemblaient aucunement ; ce qui n'avait rien d'étonnant, puisque nul lien de parenté ne les unissait, quoiqu'elles fussent persuadées du contraire.

Elles étaient unies comme deux sœurs et se croyaient cousines.

Juliette était la petite-fille de M. et Mme Milane ; son père et sa mère étaient morts depuis quelques années, et, sous la douce tutelle de ses grands-parents, elle s'élevait, excessivement gâtée, choyée et adulée.

Aussi n'était-elle pas éloignée de se croire une petite perfection morale et physique. Son naturel, bon et doux au fond, s'altérait progressivement sous la perpétuelle admiration dont elle était l'objet.

Il n'y avait guère dans la maison que son institutrice, Mlle Cayer, qui n'en fît pas son idole et ne lui épargnât point les remontrances, en dépit des grands-parents, qui n'admettaient pas cela.

En vérité cependant, sauf ceux-ci, on préférait Folla ; seulement on adulait la petite Kernor pour complaire aux maîtres, chose assurément blâmable, qui rendait un bien mauvais service à la petite égoïste.

Et Folla, qui donc était-elle, si elle n'était ni la petite-fille ni même la petite-nièce des châtelains de la Seille ?

Mon Dieu, tout simplement une enfant adoptée, une sœur de lait de Juliette, pas autre chose.

Il y avait environ neuf ans de cela : Gervaise, la nourrice de cette dernière, partageait ses soins et son lait entre la petite Kernor et sa propre fille.

Gervaise habitait avec son mari une ferme aux environs d'Avignon.

Le médecin de Mme Kernor ordonna pour leur bébé, qui était née frêle et maladive, l'air pur de la campagne et le soleil. Voilà pourquoi, malgré les larmes de la jeune mère, on confia la petite fille à Gervaise.

L'excellente femme prodiguait si bien ses soins à ses deux nourrissons, qu'on ne savait à laquelle elle montrait le plus d'amour.

Sophie et Juliette tétèrent, vagirent, jouèrent et grandirent donc de concert.

Chapitre I

Toutes deux mignonnes et gentilles, elles se ressemblaient beaucoup ; d'ailleurs, à cet âge, tous les bébés sont semblables ou à peu près ; elles avaient également un teint clair, une bouche rose, des yeux foncés et une voix argentine. On les eût confondues certainement sans le costume qui différait, riche chez l'une, pauvre mais propre chez l'autre. À la longue, les cheveux blonds de l'enfant de Gervaise brunirent progressivement, tandis que Juliette garda ses boucles mordorées.

Pendant que leur fille prospérait chez sa nourrice, M. et Mme Kernor voyageaient en Italie. À leur retour ils s'arrêtèrent à Avignon pour reprendre leur trésor, alors âgé d'une quinzaine de mois.

Ils trouvèrent la petite ferme en grand émoi ; il courait dans le pays une vague rumeur : un crime avait été commis.

La Gervaise pleurait, la tête cachée dans son tablier, tandis que les bébés criaient, demandant vainement leur soupe.

La Gervaise était bien malheureuse ; « son homme » avait disparu depuis la veille, et des langues malveillantes disaient que « le coup » pouvait bien venir de lui.

M. et Mme Kernor la consolèrent de leur mieux, mais ce n'était point tâche facile.

En même temps ils caressaient les deux mignonnes, surtout la petite Sophie, qui avait les yeux noirs de Mme Kernor et le sourire de son mari.

Quand Gervaise fut apaisée et capable de parler et d'entendre, la jeune femme lui montra Sophie :

« C'est la mienne, n'est-ce pas, nounou ? Dire qu'il y a plus d'un an que j'ai quitté mon enfant, et que j'hésite à la reconnaître.

– La vôtre, madame, c'est celle-ci », fit Gervaise en désignant Juliette.

Et elle se couvrit de nouveau le visage pour sangloter de plus belle.

Vraiment, l'idée qu'on lui enlevait son nourrisson n'était point faite pour tarir ses larmes.

Mme Kernor lâcha la petite Sophie pour presser Juliette contre son cœur. Celle-ci n'avait rien des Kernor, c'était vrai ; mais elle était plus frêle, plus blanche, et enfin, dans la suite, on retrouverait mieux chez elle les traits de la famille ; même, en la bien considérant, on lui découvrait une vague ressemblance avec un aïeul de M. Kernor.

Gervaise fut comblée de présents et de bonnes paroles : elle avait si bien soigné Juliette ! Mais tout cela parut redoubler son chagrin, au contraire, et le soir la trouva seule à la même place, pleurant toujours, sans que les cris suppliants de Sophie parvinssent à l'arracher à sa douleur.

Et son homme ne revint jamais.

Chapitre II
L'enfant de Gervaise

Environ un an après, le grand-père et la grand-mère Milane venaient mélancoliquement s'installer à la Seille, jolie propriété qu'ils possédaient en Dauphiné.

Ils étaient tristes, car ils adoraient les enfants et ne pouvaient jouir de leur petite-fille ; leur gendre, d'un caractère un peu entier, ne sympathisait pas avec eux, et après quelques discussions pénibles la brouille s'était mise entre les deux ménages.

Mme Kernor en souffrit beaucoup, mais elle ne put décider son mari à oublier sa rancune.

« Si du moins ils nous envoyaient la petite de temps en temps ! » soupiraient les Milane.

Voilà pourquoi leur riche appartement de la rue Lafayette à Paris et leur gentil château de la Seille leur paraissaient vides et froids.

Il arriva qu'un jour Mme Milane, qui était une maîtresse de maison accomplie, pesait le sucre destiné à ses confitures dans la cuisine de la Seille, lorsqu'on vint la prévenir qu'une vieille femme demandait à lui parler.

Quand Mme Milane eut équilibré les deux plateaux de la balance et recommandé à sa cuisinière de ne pas laisser s'attacher la gelée au fond du chaudron, la bonne dame alla au vestibule, où l'attendait la visiteuse.

C'était une villageoise avignonnaise, tenant dans ses bras une petite fille brune et jolie, mais chétive, qui ouvrait de grands yeux effarés.

« Madame, dit la paysanne avec une brusque franchise, vous souvenez-vous de la Gervaise, qui a nourri votre petite-fille ?

– Certainement. Comment va-t-elle, cette bonne Gervaise ?

– Ah ! madame, faut-y qu'y ait des gens malheureux dans ce monde !... La pauvre femme n'est plus de cette vie à l'heure qu'il est. V'là sa pétioune, qu'est orpheline, péchère ; la Gervaise m'a dit comme ça de vous l'amener, que vous étiez bonne, que vous lui donneriez p't-être bien une place dans votre maison jusqu'à ce qu'elle soit en état de gagner son pain. »

Mme Milane fut émue de cette confiance naïve. Elle attira à elle l'enfant, qui lui passa immédiatement ses petits bras autour du cou. Cette marque de tendresse spontanée mit des larmes dans les yeux de la bonne dame, qui songea soudain aux caresses de la petite Juliette, dont elle était privée.

Elle alla trouver son mari, lui montra Sophie, lui conta l'affaire, et il se trouva que le même soir l'Avignonnaise quittait le château, bien reposée et restaurée, laissant en bonnes mains la fillette qui lui avait confiée.

C'est ainsi que, par une sorte d'adoption qui devint plus sérieuse à mesure qu'on s'attacha davantage à elle, Sophie, autrement fit Folla ou Follette, devint l'enfant de la maison.

Quand on la vit bien peignée, bien lavée et gentiment habillée, on la trouva ravissante.

Elle recouvra bien vite la gaieté de son âge ; elle avait des mines adorables, des réflexions amusantes ; elle remplissait de rires et de gazouillements joyeux tour à tour le château dauphinois ou l'appartement parisien, selon la saison, et M. et Mme Milane songèrent moins à regretter leur petite-fille éloignée d'eux.

Quand Folla eut atteint une sizaine d'années, un nouvel événement survint chez ses parents adoptifs : M. Kernor mourut presque subitement, et sa femme ne tarda pas à s'éteindre, minée par le chagrin, et malgré les soins de son père et de sa mère.

La petite Juliette se trouvait orpheline à son tour, sous la tutelle de ses grands-parents, qu'elle connaissait à peine.

Les Milane étaient donc en possession de deux fillettes, dont une seule leur appartenait par les liens du sang.

Maintenant qu'ils avaient recouvré leur trésor si longtemps convoité en vain, que faire de Folla ? Certes, il eût été cruel de la renvoyer, dur de la faire descendre au rang de paysanne, à présent qu'elle avait reçu une éducation soignée et vécu d'une vie luxueuse. M. et Mme Milane avaient le sens trop droit et le cœur trop bon pour agir ainsi ; ils la gardèrent comme jadis.

Folla se croyait leur petite-nièce et la cousine de Juliette, qu'elle adorait, et elle appelait M. et Mme Milane bon papa et bonne maman, comme Juliette.

Elle ne jalousait point sa sœur de lait, quoiqu'elle sût parfaitement que celle-ci était l'unique enfant de la maison et l'unique héritière des Kernor et des Milane.

Ceux-ci, malgré leur bonté, et perdus qu'ils étaient dans leur idolâtrie, parlaient souvent à leur petite-fille de choses de l'avenir qu'il ne lui était pas utile de connaître encore ; mais cela ne faisait pas une ombre au bonheur de Folla ; elle n'était pas même attristée de la préférence qu'elle voyait accorder à Juliette. Presque à leur insu, les grands-parents manifestaient beaucoup plus de tendresse à l'enfant de leur fille, ce qui était assez naturel en somme, et toutes les gâteries étaient pour elle. Folla sentait d'instinct qu'elle leur était plus indifférente que par le passé, mais elle n'en chérissait pas moins ses bienfaiteurs, et trouvait tout simple que sa petite compagne attirât à elle toutes les louanges et les caresses. Elle se croyait bien inférieure à Juliette ; elle la voyait plus belle, plus intelligente, plus raisonnable qu'elle, et cependant, nous l'avons déjà dit, Juliette Kernor avait une petite dose d'égoïsme et de suffisance qui la mettait en réalité au-dessous de l'enfant de Gervaise.

Elle aimait certainement beaucoup Folla, mais par un sentiment personnel ; Folla jouait avec elle, se prêtait à tous ses caprices, faisait ses commissions ; puis la paresse de l'une mettait en relief les capacités de l'autre.

Sans Folla, Juliette se fût ennuyée sûrement, surtout l'été, entre Mlle Cayer et ces deux vieillards qui la choyaient à qui mieux mieux, mais ne l'égayaient pas.

Revenons au fameux samedi où la paresseuse, fort penaude, vit entrer à la salle d'étude son amie Juliette, par bonheur sans Fraülen.

« Dis donc, Lili, fit-elle en bondissant, j'ai découvert un endroit du parc, du côté de la glacière, où nous pourrons bâtir notre maison sans être dérangées, et bon papa ne dira plus que nous abîmons le terrain.

– Allons-y tout de suite ! Tiens, aide-moi à enfiler mon tablier.

– C'est que... je n'ai pas fini mes devoirs, répondit Folla en baissant la tête.

– Pas fini ? Fraülen va te gronder. »

Les petits bras nus de la coupable retombèrent le long de son sarreau de toile.

« Oh ! que je suis malheureuse !

– Et l'on te privera encore de récréation, et nous ne pourrons pas nous amuser. Tu es bête, aussi. Sais-tu que M. Walter n'était pas content de ne pas te voir arriver ? Il a dit que, si tu continues, tu ne seras jamais capable de jouer convenablement un morceau de piano, et que tu perdras tes excellentes dispositions. »

Folla éclata en sanglots.

« Et si l'on m'enlève ma leçon de musique de mardi ! J'aimerais mieux n'avoir point de récréations jusqu'à après-demain.

– Merci ! fit Juliette en faisant la moue ; et moi donc, avec qui jouerai-je ? Tu sais bien que je n'aime pas à m'amuser seule. Écoute : Fraülen sera longue à se déshabiller, car il fait très chaud ; je vais un peu voir tes devoirs et te dicter la suite. Passe-moi ton verbe d'abord. Mais il y a des fautes à toutes les personnes, ma pauvre Folla ! Fraülen va être en colère. Corrige toi-même, on reconnaîtrait mon écriture. »

Les petites filles se mirent à l'ouvrage, et tout était à peu près terminé et passablement fait quand leur institutrice parut.

La cloche du dîner les fit s'envoler comme deux hirondelles, et elles allèrent en gazouillant se laver les mains et se faire recoiffer.

À table Juliette mangea si peu, que Mme Milane s'alarma. Mlle Cayer la rassura.

« Madame, c'est bien sa faute ; Juliette a mangé une demi-douzaine de gâteaux chez le pâtissier après sa leçon. Je lui ai bien dit que ça lui enlèverait l'appétit pour dîner ; mais elle n'a pas voulu m'écouter.

– Oh ! fit la grand-mère, elle a au moins mangé ce qui lui plaisait, n'est-ce pas, mignonne ? Elle se rattrapera demain sur les choses solides.

– Et tu n'as pas pensé à rapporter à Folla quelques friandises ? demanda M. Milane à Juliette, qui rougit.

– Si, bon papa, j'y avais pensé, répondit-elle, et j'emporterais des biscuits pour elle, seulement... j'avais faim encore en chemin, et je les ai croqués dans la voiture pour m'occuper.

– Voyez-vous la petite gourmande ! dit Mme Milane en embrassant la fillette, toujours placée à sa droite.

– N'est-ce pas un peu le fait d'une égoïste ? fit observer Mlle Cayer.

– Ma foi ! oui, dit M. Milane.

– Bah ! reprit la grand-mère, tous les enfants sont ainsi. D'ailleurs, Folla n'en mourra pas pour se passer de biscuits, elle a tout ce qu'il faut ici ; si elle ne s'était pas fait priver de sa course en ville, cela ne serait pas arrivé.

– Bien sûr que je n'en mourrai pas, dit gaiement Folla ; Lili a bien fait de manger ces gâteaux, si ça lui faisait plaisir. »

Le repas s'acheva sans autre incident. Mme Milane s'occupait exclusivement de sa petite-fille, la servant avant tout le monde et lui choisissant les meilleurs morceaux.

Après le dessert, les fillettes coururent au jardin, où les jours, très longs à ce moment, leur permettaient de jouer le soir ; elles débattirent la question de l'emplacement de leur construction ; comme toujours, Juliette imposa sa volonté, et Folla céda.

À huit heures et demie, on les appela au salon. Juliette, qui aimait la lecture, prit un livre amusant, un livre très beau, présent de son bon papa, fournisseur habituel de sa bibliothèque enfantine.

Folla préférait la musique ; elle ouvrit le piano et joua en sourdine, pour ne point fatiguer ses grands-parents, tout son petit répertoire.

À neuf heures il fallait se coucher sans récriminer. Folla y alla après avoir embrassé tout le monde à la ronde. Juliette, elle, ne prit son bougeoir qu'après avoir galopé un grand moment sur le genou de M. Milane, et après avoir reçu les interminables caresses de sa grand-mère.

Les deux jeunes filles se mirent à genoux pour faire leur prière. Juliette la récitait machinalement, mais correctement.

Chapitre II

Folla était distraite par une mouche qui bourdonnait en cherchant à se poser le long des murs ; mais elle pensa tout à coup à de pauvres enfants affamés et à demi nus qu'elle avait vus dans la journée, et qui lui avaient fait grand-pitié ; elle se rappela combien elle s'était trouvée heureuse en comparant son sort au leur, et elle remercia le bon Dieu de ses bienfaits.

Elle fut bientôt endormie, de sorte qu'elle ne vit pas Mme Milane apporter à sa petite compagne un verre de sirop, puis ramener le couvre-pieds sur son petit corps, et embrasser encore maintes fois la jolie blondine, quoique celle-ci murmurât avec fatigue : « Assez, bonne maman, assez ! je veux dormir. »

Juliette ne se levait pas avant huit heures, à moins qu'elle ne s'éveillât plus tôt ; ce qui arrivait quelquefois en été, jamais en hiver.

Folla, au contraire, était toujours sur pied avant sept heures ; alors elle passait son petit peignoir et ses pantoufles, et, s'échappant sans bruit de la chambre, elle allait jouer de la guitare sous les arbres silencieux du parc.

Musicienne dans l'âme, elle avait la voix et l'oreille d'une justesse admirable et cherchait, soit sur le clavier, soit sur les cordes, tous les airs qu'elle avait entendus.

Malgré son très jeune âge, M. Walter la considérait comme l'élève qui lui donnait le plus de satisfaction, et à la fin de la leçon de piano il y avait toujours un quart d'heure pour la guitare. Ce qui explique pourquoi la plus grande punition qu'on pût infliger à la petite fille paresseuse était de lui enlever son heure de musique.

Folla n'était paresseuse que pour ses études de français et de langues, jamais pour être matinale, sauf peut-être quand il gelait fort, l'hiver ; jamais non plus quand il s'agissait de rendre un service, de courir chercher les lunettes de bonne maman, l'éventail de mademoiselle, tandis que Juliette faisait la sourde oreille quand on disait : « Qui est-ce qui va me faire une commission ? »

Or le matin du dimanche où nous retrouvons les deux petites filles, elles étaient habillées pour aller à la messe. Leur costume était le même quant à la couleur et à la forme des vêtements, mais la robe de Folla était un simple lainage garni de dentelles communes ; celle de Juliette était en foulard et garnie de fines guipures.

Pour expliquer cette différence, on disait que Folla était une lutine qui portait constamment le désordre sur elle et autour d'elle, et par conséquent ne pouvait avoir de riches vêtements.

En cela on avait raison ; mais Juliette, quoique moins vive, n'avait guère plus de soin.

Or, ce dimanche, comme la chaleur était supportable, on permit aux deux petites filles d'aller à la messe à pied, tandis que les grands-parents s'y rendaient en voiture. Elles s'amusaient à gambader, leurs petites jambes nues dans leurs chaussettes roses, ou cueillaient les fleurs étiolées des haies, tandis que Mlle Cayer trottait délibérément dans la poussière en causant avec la femme du maire, qu'on avait rencontrée.

Au milieu de leurs ébats, les fillettes se trouvèrent face à face avec un vieux pauvre qui leur demanda l'aumône en balbutiant des paroles bizarres.

« Sauvons-nous, il est fou, murmura Juliette à l'oreille de sa sœur de lait.

– Eh ! non, il est infirme seulement, répondit Folla, et il n'est pas du pays. »

Juliette avait dans sa poche une petite bourse bien garnie ; mais elle ne songea même pas à l'alléger en faveur du mendiant, tandis que Follette, qui n'avait pour tout bien que onze sous, vida son porte-monnaie dans la main du pauvre homme.

Celui-ci, au milieu de ses bénédictions, laissa tomber son bâton ; il se courba en gémissant pour le relever, car il était perclus de rhumatismes, mais Folla le prévint et le ramassa prestement.

« Comment as-tu osé toucher cette affreuse canne toute noire ? n'as-tu pas vu que cet homme a les mains très sales ? disait la petite Kernor à sa cousine comme elles couraient sur la route, les cloches sonnant à grande volée. Moi, je ne l'aurais pas touchée pour un empire !

– Mais, Lili, il n'aurait jamais pu relever sa canne tout seul, ou bien il y aurait mis un quart d'heure, et en se faisant mal, encore.

– Tu lui as donné tout ton argent ?

– Oh ! il n'y en avait pas beaucoup. Heureusement que c'est demain lundi.

– Qu'as-tu donc fait de ta semaine ? Moi, j'ai mes dix francs presque intacts.

– Comment t'y prends-tu donc ? fit à son tour Folla, naïvement admirative.

– Je garde mon argent, voilà tout.

– Eh bien, moi, je ne sais pas comment je m'arrange, mais il s'en va toujours trop vite.

– C'est bien simple, dit alors Mlle Cayer, que les enfants avaient rejointe et qui les entendait causer ; Follette dépense son argent non pour son propre agrément, mais parce qu'elle n'est point avare et qu'elle a le cœur généreux. Je sais où passe sa semaine, qui d'ailleurs n'est que de cinq francs, et d'autres pourraient le dire avec moi. Demandez à la mère Rabu comment elle a pu acheter des remèdes pour sa douloureuse maladie. Demandez à la petite Mélie pourquoi elle ne marche plus nu-pieds lorsqu'elle va à l'église, ou dans les champs quand il a beaucoup plu. Et qui est-ce qui a payé l'accordéon du petit garçon infirme qui aime tant la musique, et le châle de la brave Tevré, dont la fille est poitrinaire ? »

Folla était toute rose de confusion et de plaisir, et Juliette baissait honteusement la tête : elle avait compris la leçon.

De fait, celle-ci n'était point généreuse, non peut-être par l'amour de l'or, mais parce qu'elle était égoïste, tenait à son bien, et ne se mettait jamais à la place des autres pour songer à leurs besoins.

À Paris, chaque hiver, on quêtait auprès des enfants riches les vieux jouets et les vêtements hors de service ; il fallait arrêter Folla, qui voulait donner tout ce qu'elle avait, même ses poupées neuves et ses livres les plus beaux.

Juliette ne se séparait qu'avec regret de quelques vieilleries dont on ne pouvait plus rien faire et de quelques joujoux déteints et abîmés dont on pouvait à peine se servir.

Voilà donc nos fillettes à l'église, priant tantôt avec distraction, tantôt avec piété. Juliette était coquette : elle se savait jolie et admirée, cela ne lui déplaisait point. Quant à Folla, elle ne s'inquiétait guère de ces choses-là ; ce qui venait la distraire n'était pas la pensée que sa robe seyait bien à son petit visage, le ruban rose à ses boucles brunes, mais plutôt une grosse mouche remuante qui entrait dans le bonnet tuyauté d'une paysanne, ou bien les maladresses de l'enfant de chœur ; rien n'échappait à son œil espiègle. Mais, dès qu'elle pensait qu'on se trouvait à l'église, vite elle reprenait son livre et sa gravité.

Chapitre III
Poulets perdus

L'après-midi, les petites filles jouaient dehors, le temps étant fort beau. Un peu avant le dîner, elles obtinrent la permission de s'amuser au bout du parc.

Or, de l'autre côté de la haie, s'élevait une petite ferme appartenant à un pauvre ménage dont les enfants, « pour être moins nombreux à la niche », étaient serviteurs ou bergers dans de plus grandes métairies des environs.

Ce jour-là, la mère Serriau et « son homme » étaient en violent émoi : un oiseau de proie, buse ou corbeau, on ne savait, avait jeté le désarroi dans la basse-cour ; les volailles, effarées, fuyaient de tous côtés avec des piaillements de désespoir. Cela durait depuis une heure environ. Sur les vingt-deux poulets qui composaient la basse-cour, on n'avait pu en réunir qu'une dizaine. Les autres piaulaient dans la campagne, éperdus, épouvantés.

Combien en restaient-ils de vivants ? car le père Serriau avait recueilli dans un buisson le cadavre ensanglanté d'une poussin à demi rongé.

Le couple infortuné geignait à fendre l'âme ; comment rattraper les fuyards à présent ? Voilà que la nuit allait tomber, et ceux qui se cachaient sous les buissons se garderaient bien de se montrer.

En écoutant le récit de ce désastre, Folla n'hésita pas à venir en aide aux pauvres gens, tandis que Juliette demeurait immobile, regardant les allées et venues des Serriau.

Le père Serriau gardait, en les appelant doucement, une grosse poule et ses petits. Follette se mit à l'ouvrage ; petite et légère, elle se glissait dans les trous des haies, enjambait les fossés, grimpait au faîte des buissons d'épines sans souci de ses mollets et de ses mains, qui s'y déchiraient cruellement.

« Tenez, madame Serriau, en voilà un, deux ! Prenez garde à ce petit noir qui se sauve de votre côté, attrapez-le au passage ; et celui-ci, quatre ! Ne les laissez pas échapper. Portez-les vers la mère. Il n'en reste plus que sept à retrouver, puisque le vingt-deuxième est mort. Encore un, voyez ; il est blessé à l'aile, il ne peut pas courir. Ma foi ! je ne sais guère où se cachent les autres. »

La mignonne parvint cependant à les rattraper tous et aida la mère Serriau, peu experte en calcul, à compter les bêtes réunies : il y avait bien le compte.

La cloche du dîner ayant sonné depuis quelques minutes, les petites filles, en se tenant par la main, coururent à la maison.

Elles entrèrent rouges et essoufflées à la salle à manger, où l'on commençait à s'inquiéter de ne pas les voir.

Juliette avait conservé sa petite robe intacte et presque propre sous le tablier blanc ; mais Folla, grand Dieu ! en quel état elle se présentait ! Ses jambes nues étaient ensanglantées, ses mains égratignées, ses vêtements souillés et déchirés, ses cheveux embroussaillés.

Folla fut vertement grondée et dut aller réparer le désordre de sa toilette. Juliette essaya de la défendre en racontant l'incident des poulets et en disant comment la petite fille avait rendu service aux Serriau ; mais on ne comprit rien à cette histoire, trop précipitamment narrée, et, pour prix de sa bonne action, Folla ne reçut que des admonestations.

Le lendemain cependant, en se promenant avec Fraülen, on rencontra la mère Serriau.

« Ah ! mademoiselle, dit-elle à l'institutrice dans son patois à peine compréhensible en sa bouche édentée, la bonne petite fille que mam'zelle Sophie ! Mes poulardes étions tous perdus sans elle. Elle me les a retrouvés les uns après les autres, même que les buissons lui zont tout épiné les jambes et les doigts. Sans ça mon homme et moi étions bien empêchés, que ça faisait ben une pièce de six francs perdue par bête, puisque je les élevons pour les engraisser. »

Justice fut donc rendue à l'enfant complaisante, et on ne lui reprocha plus sa robe fripée. Mais, hélas ! les gronderies n'en pleuvaient pas moins chaque jour sur la paresseuse, dont les devoirs étaient criblés de fautes, et l'été ne s'écoula point sans que les leçons de piano et de guitare fussent souvent remplacées par un pensum.

Une autre fois on fut en plus grand émoi encore au château, Mlle Folla s'étant fait chercher pendant trois quarts d'heure.

Voilà ce qui était advenu.

En poursuivant un beau papillon-sphinx, la petite était sortie de la cour ; il n'y avait personne dans le chemin ; après y avoir couru l'espace de quelques mètres, elle atteignit le joli insecte, qu'elle rendit à la liberté après l'avoir examiné de près, car elle avait trop bon cœur pour lui faire du mal, et s'apprêta à revenir sur ses pas.

Mais elle entendit des cris affreux qui partaient d'une chaumière située non loin de là sur la route.

« Bon, pensa-t-elle, que se passe-t-il chez les Moussard ? Ce sont des gens qui ont toujours du malheur : si j'allais voir ? » Elle secoua la poussière brillante que le papillon avait laissée à ses doigts, et courut à la masure ; ce n'était pas une ferme, mais plutôt un bâtiment triste et noir, entouré d'un jardinet moisi où picoraient quelques poules sur un fumier nauséabond.

Un roquet aboyait avec frénésie ; par terre, assise sur le sol nu, une petite créature de quatre à cinq ans, vêtue seulement d'une chemise et d'une jupe, mal peignée et très barbouillée, tenait sur ses genoux un bébé de six à huit mois déjà en robe, et qui se tordait en poussant des cris d'aigle.

Un peu plus loin, une autre fillette, de deux ans à peu près, jouait avec des morceaux de bois.

Celle qui faisait la maman ne savait guère remplir son rôle et n'en avait guère la force non plus ; ses bras, trop faibles, tenaient le bébé tout de travers, ou le secouaient par moments, sans qu'elle eût l'intention de lui faire du mal. Le pauvre petit geignait à fendre l'âme, et pleurait en se tordant convulsivement.

« Mais tu vas le blesser ? cria Folla, qui accourait ; attends, je vais te montrer à le porter comme il faut. »

Et, enjambant sans façon la mince barrière qui défendait l'entrée du jardinet, elle enleva à l'aînée des enfants le poupon, qui cessa de crier dès qu'il se sentit dans des bras plus vigoureux et surtout plus adroits. Folla s'assit sur une pierre, tandis que le petit garçon la contemplait de ses yeux bleus étonnés, en suçant consciencieusement son pouce.

« Il est bien pâlot, ton frère ; quel âge a-t-il ? demanda-t-elle à la fillette.

– Je ne sais pas.

– Et toi, quel âge as-tu ?

– Quatre ans, je crois.

– Et on te donne le petit à garder ?

– Faut bien, la mère lave. »

Par bonheur, Folla avait des dragées dans sa poche ; elle les distribua aux deux aînées, qui se jetèrent dessus, et elle fit jouer le tout petit, qui se mit à rire.

« Est-elle allée bien loin, ta maman ? reprit-elle.

– Que non ! elle va revenir. »

La pauvre femme disait bien toujours : « Je vais revenir, soyez sages », pour faire prendre patience aux marmots ; mais il fallait du temps pour savonner le misérable linge de la famille.

Elle ne reparut qu'au bout de vingt minutes et fit de grands remerciements à la petite demoiselle du château.

« Votre fille est trop jeune pour soigner un bébé de cet âge, lui dit Folla.

– Eh ! mademoiselle, il le faut pourtant ben ; mais je ne m'absente jamais longtemps. Faut ben que les mioches s'habituent de bonne heure à se rendre utiles, mais une autre fois j'emporterai le petit et l'étendrai sur une couverture à terre, près de moi, pendant que je laverai.

– Il n'a pas bonne mine.

– Ma foi non, le pauvret ! Pensez donc, un enfant que j'ai dû sevrer à quatre mois.

– Sitôt, comment le nourrissez-vous ?

– Je lui donne le biberon, et puis la soupe quand il en veut, et des tisanes. »

Folla fut prise de pitié pour le malheureux être : « Écoutez, madame Moussard, fit-elle, je dirai à bonne maman de vous donner nos anciens vêtements pour vos enfants, puis de meilleures choses à boire pour ce petit malade.

– Vous êtes ben aimable, mademoiselle, et ça ne sera pas de refus : on a ben de la misère chez nous, et ce sera ben de la charité que de nous venir en aide. »

À son retour, quoiqu'elle eût couru à toutes jambes, Folla fut encore grondée ; car elle arrivait très en retard pour l'étude, et l'on se tourmentait à son sujet.

Elle ne raconta ce qui avait causé sa fugue qu'à sa cousine, à la récréation suivante (récréation écornée pour elle), et lui fit part de son projet de demander leurs anciens vêtements à bonne maman pour les petits Moussard.

« C'est que, répondit Juliette, je comptais qu'ils serviraient à nos poupées ; il y a des robes de piqué et de flanelle qui iraient si bien à Lydie, ma grande blonde.

– Mais les petits Moussard en ont bien plus besoin que nos poupées.

– Oui, mais cet hiver bonne maman leur en coudra ou tricotera elle-même de moins jolies.

– Et ils attendront tout ce temps ? Non, par exemple ; garde tes affaires, à toi, pour ta Lydie, si tu veux ; moi, je demanderai les miennes à bonne maman pour les pauvres. Bonne maman a assez à travailler pour les malheureux de Paris dans son hiver.

– Et tu as osé tenir sur tes genoux ce baby malpropre ?

– Tiens ! l'autre lui faisait mal.

– Et tu t'es assise dans cette cour sale, peut-être pleine de puces et de bêtes ?

– Je ne pouvais pas leur demander de la balayer pour moi, bien sûr ! D'ailleurs je me suis lavé les mains. Laisse-moi aller trouver bonne maman. »

Non seulement Mme Milane consentit à ce que Folla portât aux Moussard un gros paquet de vêtements encore très bons, mais elle y joignit un peu d'argent, et plusieurs boîtes de farine lactée pour le dernier petit.

Chapitre III

Chapitre IV
En mer

On parla d'aller aux bains de mer : Juliette grandissait beaucoup, était pâlotte ; bref, on partit. Comme M. et Mme Milane craignaient l'air frais du Nord, on s'établit à Montpellier, en dehors de la ville, sur la route de Pallavas, afin de se rendre facilement au bain chaque jour. On s'amusa beaucoup sur cette bonne petite plage méditerranéenne, assez fréquentée et cependant paisible.

C'était si divertissant de courir dans l'eau salée, vêtu seulement d'un simple costume de bain, les cheveux flottant au vent du large, de s'ébattre dans la vague bleue qui vous roulait, vous emportait et vous rapportait au rivage ; puis d'apprendre à nager avec le baigneur, ce vieux marin qui aimait tant les enfants et qui leur jouait des tours, en les plongeant jusqu'au fond quand ils faisaient la grimace à l'onde froide.

Et ce beau soleil qui dorait les flots ou les rougissait à l'heure du couchant, qui brunissait la peau et fortifiait le corps !

Et les bonnes parties qu'on faisait en bateau, quand la mer n'était pas grosse ! et les moules que l'on cueillait dans les rochers, et les promenades aux environs de Montpellier !

Folla eut pourtant un jour une grande déception : Mlle Cayer, qui avait des amis à voir à Cette, avait obtenu d'y emmener les deux petites filles. Celles-ci se faisaient une joie de ce voyage ; on devait partir le jeudi matin, pour ne revenir que par le train du soir.

Quelle fête ! et comme on allait s'amuser ! Mais voilà que la veille, donc le mercredi, les enfants, après avoir beaucoup joué à la mer et pris leur bain, goûtèrent chez le meilleur pâtissier de la ville.

Nous avons dit que Juliette Kernor était égoïste et coquette, nous avons oublié d'ajouter un troisième défaut : la gourmandise.

Lorsque Juliette aimait quelque chose, elle ne s'en privait jamais ; mais elle n'eût pas touché pour un empire à ce qui n'était pas de son goût.

Aussi qu'arriva-t-il ce jour-là pour leur malheur à toutes les deux ? c'est qu'elle dévalisa si bien la boutique du marchand, qu'elle dut s'en repentir cruellement.

Les fillettes se couchèrent le soir en admirant la sérénité du ciel, qui promettait pour le lendemain une journée magnifique.

Mais les petites filles proposent, et Dieu dispose, surtout quand il a à punir.

Au milieu de la nuit, Juliette se réveilla fort malade, et Folla courut chercher sa grand-mère ; la pauvre Folla seulement se demandait avec inquiétude ce qu'il allait advenir de la partie projetée. Toute la maison fut bientôt sur pied, car Juliette était prise d'une formidable indigestion et souffrait réellement beaucoup. Après les premiers soins donnés à la malade, bonne maman, désolée, la transporta chez elle pour la mieux dorloter et pour que Folla pût se rendormir en paix.

Et voilà que, le matin, Mlle Cayer vint faire lever la seule de ses élèves qui fût capable de l'accompagner. Folla fut bientôt prête et alla frapper à la porte de Mme Milane pour avoir des nouvelles de sa cousine et faire ses adieux.

« Ah ! tu pars ? fit languissamment Juliette en rouvrant les yeux au bruit de la porte. Comme je vais m'ennuyer, moi, toute seule, à présent que je n'ai plus mal ! »

Aussi Mme Milane décida-t-elle que Folla resterait à la maison pour amuser la malade.

« Mais, madame, dit alors Mlle Cayer outrée, il me semble que si Juliette est souffrante, c'est bien par sa faute ; ni vous ni moi n'avons pu l'empêcher de goûter aussi copieusement hier. La petite Folla, qui a été plus raisonnable, ne doit pas être privée d'un plaisir si longtemps désiré.

– Mon Dieu ! chère mademoiselle, je ne dis pas ; mais Juliette s'ennuiera horriblement sans sa cousine, et, vous comprenez, si elle reprend la fièvre, Folla l'amusera, la distraira, lui fera la lecture.

– Cependant, madame...

– Je vous ferai observer, mademoiselle, que si je garde Folla à la maison, je ne la condamnerai pas à travailler ; elle aura congé et jouera avec Juliette : donc elle n'est pas à plaindre. »

Il n'y avait plus à discuter. L'excellente Mlle Cayer embrassa tendrement Folla et partit sans adresser un regard à Juliette.

Juliette, terriblement égoïste, n'intercéda pas en faveur de la pauvre

Folla, privée à cause d'elle de la partie de plaisir, ni ne s'excusa auprès de la pauvre petite de lui avoir causé cette déception.

Mais Folla était si bonne, qu'elle ne songea pas une minute à lui reprocher son égoïsme. Elle enleva tristement ses vêtements de sortie, et se mit en devoir de rassembler les livres et les jouets que réclamait sa cousine.

De fait, Juliette allait beaucoup mieux, mais elle était capricieuse et gâtée, et garda Folla auprès d'elle presque toute la journée, ce pauvre petit feu follet dont les jambes avaient tant besoin de danser et de courir !

Folla ne se rappelait plus que, l'hiver dernier, elle avait eu deux gros rhumes qui l'avaient retenue bien des jours à la maison ; mais jamais Juliette n'avait sacrifié pour elle la moindre promenade, le plus petit plaisir.

La pauvre victime eut cependant une compensation à son infortune.

Mme Milane força la convalescente à sommeiller un peu l'après-midi pour remplacer sa nuit blanche, et M. Milane emmena Folla gambader une heure dans la campagne.

Ils n'allèrent pas du côté de la mer, et, afin de lire commodément son journal, le grand-père s'assit au pied d'un arbre, sans s'inquiéter de sa petite-fille adoptive, qui courait comme une jeune poulain.

Au milieu de ses ébats elle aperçut un brave paysan qu'elle connaissait pour l'avoir vu apporter quelques fruits à la maison qu'avait louée Mme Milane pour la saison.

« Bonjour, père Limousin ! cria Folla de sa petite voix douce. Vous ramassez de l'herbe pour vos lapins ?

– Oui, mam'zelle Sophie. Ça va bien ?

– Oui, merci.

– Et votre sœur, la petite demoiselle blonde, elle n'est pas avec vous ? (Il croyait Juliette la sœur de Sophie.)

– Oh ! non, elle est malade.

– Malade, mam'zelle Kernor ?

– Oui, d'une indigestion terrible ; mais elle va mieux déjà que cette nuit.

« – Oh ! si ça n'est que ça ! Les petites demoiselles s'en donnent souvent trop à croquer des sucreries. Ça n'est pas comme ma pauvre femme, qui s'en va du mal de la mort.

– Comment ! père Limousin ! elle est si mal que cela, votre femme ?

– Puis qu'elle souffre rude, et que le docteur a dit comme ça que c'est inutile de lui donner des remèdes, parce que ça n'y ferait rien.

– Comment ? il a osé dire cela ?

– Mais oui, pourquoi pas ? Ce qui tourmente la pauvre vieille, ça n'est pas l'idée de mourir ; faut bien s'en aller un jour, et nous autres gens misérables, ça ne nous fait jamais peur ; mais c'est la pensée que j'ons tout l'ouvrage à faire et que je serons tout seul après.

– Est-ce que je pourrais la voir, votre femme ?

– Mon Dieu ! oui, mademoiselle, que c'est même bien de la bonté de votre part, et que ça va lui faire un plaisir ! C'est c'te maisonnette que vous voyez là, à côté du figuier. »

Folla courut, légère comme son nom, à la pauvre masure indiquée, bien indigente, en effet, et composée d'une unique pièce.

Cette chambre renfermait à la fois le four à pain, le petit poêle où cuisait le dîner, une table, un banc, quelques chaises, deux armoires et un lit aux rideaux de serge.

Dans un coin, quelques poules se blottissaient dans deux corbeilles chaudement couvertes.

Un chat maigre ronronnait sur le banc ; les meubles étaient en ordre, le sol propre, sauf quelques brindilles de bois que le bonhomme n'avait pas eu le temps de ramasser ; contre le mur, blanchi à la chaux, pendaient deux filets de pêche, et devant la croisée ouverte s'étendait la toile métallique qui, dans les maisons les plus pauvres du Midi, défend des insectes qui voudraient s'abriter à l'intérieur.

À côté, en dehors, l'étable à pourceaux, un rucher d'abeilles et une petite grange, puis le jardinet bien soigné.

« Bonsoir, madame Limousin ! je viens vous voir », dit très doucement Folla en entrant.

Et elle ouvrit de grands yeux effrayés à l'aspect de ce squelette de vieille femme allongée sous les draps de toile bise ; les bras, absolument décharnés, sortaient du lit, et la tête maigre, étroite, aux tempes enfoncées, aux yeux caves, faisait un trou dans l'oreiller recouvert d'une taie de couleur.

« Vous êtes bien gentille, ma petite demoiselle, de visiter comme ça une pauvre vieille qui s'en va, même que vous ne me connaissez que pour m'avoir vue les quelques fois que j'ai porté du poisson chez vous. Ça fait du bien d'apercevoir un jeune visage.

– Est-ce que vous souffrez beaucoup ?

– Beaucoup ; c'est la fièvre qui me mange ; je l'ons toujours, toujours. Je ne dormons plus ni le jour ni la nuit.

– Mangez-vous un peu ?

– Que non ; y a ben des petites choses que je verrais sur l'assiette avec plaisir, mais je ne pouvons les acheter, c'est cher. M'en faut pourtant pas gros, mais ça ne me fait encore rien. Y a ben un autre souci qui me tourmente.

– Quoi donc ? votre mal ?

– Que non. Ça m'emmènera un de ces matins ; mais je vois mon pauvre homme qu'est plus vieux que moi, et qu'a tout l'ouvrage à faire, et qui se donne un tintouin ! Faut qu'i porte le manger aux bêtes, qu'i fasse sa soupe, qu'i soigne la vache, les poules, le jardin et le cochon, qu'i balaye ; et qu'encore je me faisons un mauvais sang, parce que ça n'est plus propre comme quand j'étions sur pied.

– Mais c'est encore très propre ici, mère Limousin, et votre mari s'en tire très bien.

– Vous croyez ? I fait bien ce qu'i peut, le pauvre. Ah ! c'est que ma maison elle était renommée dans le temps comme la plus nette du pays. Mais maintenant que je sommes malade...

– Vous guérirez, mère Limousin.

– Que non, ma petite demoiselle ; je sommes asthme ; et j'ons attrapé un froid par-dessus. Sans mon homme que je laissons, je serions ben contente de m'en aller. J'ons peiné toute ma vie ; j'ons supporté la gêne. On n'avait pas la misère, quoi ! mais on n'a jamais été riche ; on a travaillé dur, et on ne doit rien à personne. Le bon Dieu peut m'appeler quand il voudra, je sommes prête. »

Folla s'en alla toute pénétrée de cette grande pensée de la mort qui en épouvante tant d'autres, et que le paysan, l'homme du travail et des privations, souvent voit approcher avec un calme si résigné.

Et cette vieille qui souffrait tant, qui avait à peine le nécessaire, tandis que Juliette, l'enfant gâtée, pour avoir eu un peu mal au cœur, était comblée de soins et de remèdes, et voyait satisfaire toutes ses fantaisies !

Son grand-père, la regardant s'asseoir près de lui toute songeuse, lui dit soudain en caressant ses cheveux flottants :

« Eh bien ! petite, te voilà triste. Le fait est que tu as été privée de ton voyage avec Fraülen. Tiens, pour le remplacer, voilà de quoi t'acheter des joujoux. »

Et il lui tendit une pièce de vingt francs.

Follette se jeta au cou de M. Milane ; vraiment cela ne pouvait mieux tomber. Et, tandis qu'il terminait son journal, elle courut à toutes jambes chez les Limousin.

« Tenez, cria-t-elle tout essoufflée, mère Limousin, vous pourrez avec cela vous procurer quelques douceurs. » Et elle s'enfuit radieuse. Ainsi elle n'avait point perdu sa journée.

Chapitre V
L'homme qui revient

Et voilà qu'à partir de ce temps un vilain oiseau noir aux ailes déployées, qui a nom le malheur, plana sur la pauvre petite Folla.

Elle était pourtant bien douce et bien généreuse cette fillette. N'est-ce pas que vous l'aimez bien, notre mignonne héroïne, malgré sa paresse, qui peut-être n'est pas celui de ses défauts qui vous offusque le plus ?

Un matin, les deux enfants, sous un soleil magnifique, jouaient au bord de la mer, abritées sous leurs grands chapeaux de jonc ornés d'une gaze blanche, leurs jambes nues hâlées par l'air salin.

Mlle Cayer et Mme Milane causaient un peu plus loin à l'ombre d'une cabine roulante, et M. Milane fumait en lisant derrière une falaise en miniature.

Ce n'était pas l'heure du bain ; aussi la plage était-elle à peu près déserte.

Deux hommes vinrent à passer près des petites filles ; ils avaient mauvaise mine sous le feutre à larges bords qui cachait le haut de leurs visages ; leurs vêtements étaient sales et usés, et ils marchaient en traînant la jambe d'une façon bizarre.

L'un d'eux poussa une exclamation soudaine : « Tiens ! fit-il d'un ton gouailleur en dévisageant Juliette Kernor, tout le portrait de la Gervaise quand elle était jeune. Et que c'était un beau brin de fille quand je l'ai épousée ! elle avait seize ans. Un peu plus luronne que ça cependant ; mais elle portait ces yeux-là, ces cheveux-là tout en l'air, et ce minois rose et blanc. Une blonde flambante ! quoi. Faut la voir maintenant ; ah ! ah ! ah ! quelle différence !

– Allons-nous-en, dit tout bas Juliette en tirant Folla par sa robe. Ces hommes me font peur. »

Mais l'individu de mauvaise mine se mit à rire plus fort et murmura quelques mots à l'oreille de son compagnon.

« Allons donc ! c'est vrai ? fit l'autre avec une stupéfaction profonde. Mais alors, l'ami, t'as de quoi faire chanter les parents.

– Pas encore, faut d'abord que je rejoigne la Gervaise. Ah ! ah ! on ne m'attend pas. L'homme qui revient de la Nouvelle n'est pas tout à fait tombé dans la dèche. »

Il se rapprocha des deux enfants qui écoutaient sans comprendre, et prit sans façon le menton délicat de Juliette dans sa grosse patte noire et velue.

« Dites-moi, ma belle petite, vous êtes chez Mme Milane, n'est-ce pas ? »

Juliette se recula avec dégoût et terreur.

« Laissez-moi, cria-t-elle, laissez-moi ! »

L'homme éclata de rire.

« Eh ! eh ! on est bien fière. De mieux en mieux. Tout à fait le regard de la Gervaise quand elle était en colère, et, ma foi ! elle s'y mettait quelquefois. Cré nom ! si l'enfant est ce que je pense, elle ne peut pas renier son sang.

– Mais l'autre, fit le camarade en montrant Folla du doigt, quelle est-elle ?

– La petite Kernor, parbleu ! » répondit le premier avec un geste insouciant.

Juliette avait pris la fuite ; Folla, plus brave, demeurait, ses grands yeux noirs fixés sur l'inconnu, protégeant de ses petites mains le frêle édifice de sable qu'elle avait érigé à grand-peine.

« Pourquoi restez-vous là ? qu'est-ce que vous voulez ? dit-elle aux deux individus.

– Vous êtes bien la petite Kernor ? La dame qui est là-bas, et vers qui votre sœur de lait se réfugie en ce moment, est bien Mme Milane, de la Seille ? »

L'enfant hésita, mais ces mots : « Votre sœur de lait », prouvaient que l'homme qui parlait ainsi les connaissait.

Son petit cœur naïf et confiant lui suggéra l'idée que ces hommes étaient deux malheureux qui voulaient implorer la générosité de Mme Milane, et elle répondit :

« Que vous importe qui je suis, moi ? Quant à cette dame qui est là-bas, elle s'appelle, en effet, Mme Milane. Si vous avez quelque chose à lui demander, allez la trouver.

– Pas sotte, celle-ci, ma foi ! s'écria l'inconnu en riant. Non, ma mignonne, je n'ai rien à lui dire aujourd'hui. Plus tard je ne dis pas, il se peut qu'elle soit obligée de me donner gros. »

Et il entraîna son compagnon, avec lequel il se mit à causer et à gesticuler vivement.

Folla resta songeuse, regardant disparaître à l'horizon la silhouette traînante des deux hommes. Juliette la rejoignit, et elles recommencèrent leurs jeux.

En septembre on retourna à la Seille. C'étaient encore les vacances ; les vendanges et bien des plaisirs arrivèrent, pauvres joies éphémères qui ne devaient plus revenir.

En causant avec sa cousine, comme elles le faisaient souvent avant de s'endormir le soir, Juliette posa cette question à Folla :

« Dis donc, si tu devenais pauvre un jour, tu serais bien malheureuse, n'est-ce pas ?

– Ça dépend, répondit la fillette avec son adorable spontanéité, ça dépend ; si j'étais avec quelqu'un qui m'aimât et que j'aimasse, je ne serais pas à plaindre.

– Ah ! bien moi, reprit Juliette en roulant sa tête blonde sur l'oreiller brodé, je ne pourrais jamais me passer de toutes les

Chapitre V

« Eh bien, en quoi ce sujet peut-il vous intéresser ?

– Il y a que l'enfant n'est pas orpheline, comme on le croit.

– Comment ! cette bonne Gervaise, dont on m'a appris la mort, est vivante ? Voilà sept ans qu'on n'a entendu parler d'elle. J'ai passé un jour dans son pays, on m'a affirmé que la pauvre femme avait succombé à une violente fièvre.

– La Gervaise vit encore, oui, madame. Elle a résisté au mal terrible qui a failli l'emporter ; dans un accès violent elle s'est sauvée de chez elle, puis un jour elle est revenue, seulement...

– Seulement quoi ?

– Elle est restée folle, complètement folle. »

Mme Milane eut comme un soupir de soulagement.

« Pauvre Gervaise ! reprit-elle ; et vous venez sans doute me prier de lui venir en aide, car sa position doit être bien misérable ? C'est juste. Alors, puisqu'elle a perdu la raison, elle ne se souvient probablement plus qu'elle a un enfant ?

– Que si qu'elle s'en souvient. Elle le pleure tous les jours.

– Elle doit être bien abandonnée. Je ferai des démarches pour la faire entrer dans une maison de santé où elle sera bien soignée.

– C'est inutile, madame, la Gervaise n'est plus seule depuis quelque temps : elle a retrouvé son mari. »

Mme Milane sursauta sur son fauteuil.

« Son mari ? mais je la croyais veuve.

– C'est une erreur : elle n'a jamais été veuve, seulement elle a eu honte de son homme et l'a fait passer pour mort.

– Mais alors...

– N'est-ce pas que c'est bizarre ? fit l'homme en ricanant. Deux défunts qui reparaissent !

– Est-ce que cet homme c'est le père... de... ?

– De sa fille, naturellement, madame, de l'enfant que vous avez adoptée.

– Et croyez-vous, reprit Mme Milane, plus hésitante encore, croyez-vous qu'il me laissera l'enfant ?

– Pour ça, je ne puis rien vous dire ; car c'est un bon père, répliqua l'homme en ricanant. Cependant on ne sait pas... Il n'est guère chançard, et on ne s'enrichit pas dans le pays d'où il revient.

– Quel pays, s'il vous plaît ? demanda la vieille dame en regardant fixement son interlocuteur.

– Ma foi ! faut voyager longtemps avant d'y arriver, mais c'est aux frais du gouvernement. »

Mme Milane se leva toute droite :

« Comment !... le mari de Gervaise ! revenir de... de Nouméa !...

– Comme vous le dites. Il ne s'est pas enfui. Sa peine est terminée. Huit ans, Dieu merci ! c'est bien assez, pour une méchante petite affaire. »

Mme Milane ne l'écoutait plus.

« Folla ! ma pauvre petite Folla, la fille d'un...

– Ça ne lui ôte rien de sa gentillesse, madame. Je l'ai aperçue un jour, et je l'ai reconnue rien qu'à sa ressemblance avec sa mère.

– Sophie ne ressemble pas à Gervaise.

– Pardon, elle est tout son portrait quand la pauvre femme était jeune. Une jolie blondine, ma foi !

– La fille de Gervaise est brune.

– Ah ! fit l'homme interloqué, je me serais donc trompé. Enfin, madame, s'agit pas de la couleur des cheveux de la petite. Que comptez-vous faire ?

– De quel droit cette question ? Avant d'y répondre, je veux savoir qui vous êtes.

– Bien volontiers, madame. Je suis tout simplement Félix Marlioux, le mari de Gervaise et le père de l'enfant que vous avez adoptée. »

Mme Milane était devenue très pâle et très agitée.

« Écoutez, dit-elle à l'homme, dont elle s'éloigna par un mouvement de répulsion dont elle ne put être maîtresse, écoutez, je ne puis prendre aucun parti avant de m'entretenir avec M. Milane

– Vous savez, reprit grossièrement l'ancien forçat, on s'arrangerait peut-être bien à vous laisser l'enfant pour de l'argent.

– Alors c'est un marché que vous proposez pour votre fille ? Ce n'est pas l'amour paternel qui vous a poussé à venir me trouver, c'est l'âpre désir d'avoir de l'or en nous menaçant de reprendre votre enfant ?

« Partez, fit Mme Milane avec dégoût, et revenez dans deux jours pour recevoir la réponse. Je vous avoue qu'il m'est pénible de penser que j'ai sous mon toit la fille d'un... galérien ; mais je suis prête à faire un sacrifice d'argent, pourvu que ce soit raisonnable, afin de la garder auprès de moi. À après-demain donc. Veuillez seulement ne pas ébruiter cette histoire, cela vous nuirait considérablement.

– C'est convenu. Faut pas vous fâcher, ma petite dame, si l'on a parlé un peu rondement ; c'est pas là-bas qu'on se forme aux belles manières. »

Mme Milane lui montra la porte. Félix Marlioux salua et sortit.

La vieille dame, très troublée, quitta à son tour la bibliothèque.

Le petite Folla, restée seule, se frotta les yeux et se secoua.

« J'ai rêvé d'affreuses choses, murmura-t-elle en sortant de sa cachette, toute pâle et tremblante. Quelle mauvaise idée j'ai eue de venir ici et de m'y assoupir ! »

Soudain elle s'arrêta ; en traversant la chambre pour s'y blottir derrière le fauteuil, elle avait remarqué l'ordre parfait qui y régnait, cet appartement n'ayant pas été ouvert depuis plusieurs jours ; et voilà que maintenant elle aperçoit deux sièges dérangés, placés l'un vis-à-vis de l'autre comme pour deux interlocuteurs ; puis sur le parquet, au-dessous d'une de ces chaises, la trace poudreuse d'une grosse chaussure ; enfin, sur une table, les lunettes de bonne maman. Elle les avait sur son nez tout à l'heure dans son boudoir, et elle ne s'en sépare qu'involontairement, dans les moments de trouble.

Qu'est-ce que cela signifie ? Est-ce que, par hasard, le songe de Folla serait une effrayante réalité ?

« Je le saurai bien », se dit la fillette.

Et, prise d'une résolution subite, quoique ses petites jambes tremblent bien fort, elle court jusqu'au pavillon, au bout du jardin, d'où l'on peut apercevoir la route bien à découvert.

Tout essoufflée, elle se penche par la fenêtre ouverte. Justement à cet instant passe un homme sur le chemin ; et cet homme, qui traîne un peu la jambe en marchant, c'est celui de Palavas, celui qui a parlé tout à l'heure à Mme Milane dans la bibliothèque ; c'est le forçat..., le père de Folla. Mon Dieu, mon Dieu !

Il y avait là, dans ce pavillon rustique, mais gentiment installé, un divan turc vaste et moelleux, où les fillettes se sont souvent roulées dans leurs ébats aux heures chaudes de l'été. Folla s'y jette, éperdue, et, la tête enfouie dans les coussins, elle pleure amèrement.

Un certain temps s'écoula ainsi.

L'enfant se souleva, faible et brisée. Il faisait nuit dans la pavillon. Elle essuya ses grands yeux ruisselants et descendit dans le jardin.

L'air froid sécha les traces de ses larmes. Heureusement qu'on ne s'était pas inquiété de son absence.

Bonne maman, enfermée dans sa chambre avec bon papa, de retour de la ville, devait l'entretenir de choses fort graves.

Mlle Cayer recevait une visite ; Juliette achevait un livre fort intéressant.

Folla se mit au piano et joua tous les airs tristes qu'elle connaissait. N'osant plus pleurer, elle faisait passer dans les notes chantantes du clavier toute l'amertume dont sa pauvre âme débordait.

À dîner, par bonheur il y avait du monde : deux ou trois convives ramenés de la ville par M. Milane. On ne fit donc pas attention à Folla, qui avait le cœur trop gros pour manger. Elle retenait ses pleurs à grand-peine, la pauvre mignonne, et se disait tout bas : « Je ne suis qu'une enfant adoptée par charité. Bonne maman, bon papa, que j'ai crus si longtemps mes parents, ne sont que mes bienfaiteurs. Je ne suis que la sœur de lait de Juliette, et non sa cousine. Que dira-t-elle, Juliette, lorsqu'elle apprendra que je suis la fille d'un... forçat et d'une folle ? Elle ne voudra peut-être plus me toucher la main. »

Le soir, après dîner, Mlle Cayer raconta une histoire aux enfants. Folla l'écouta d'abord distraitement, tout entière à ses tristes pensées ; mais le conte finit par lui frapper l'esprit : il parlait d'un petit garçon trouvé, qui avait plus tard été reconnu par sa famille, et qui de pauvre était devenu riche, de malheureux bien heureux.

« Mademoiselle, demanda Folla d'une voix troublée, si ç'avait été le contraire, est-ce que Pierre serait quand même retourné à

Chapitre VI

ses parents, si ceux-ci avaient été pauvres et misérables, au lieu de riches et considérés, est-ce qu'il aurait dû quand même changer de position ?

– Certainement, ma petite Folla, répondit Mlle Cayer, qui ne se doutait de rien ; un enfant doit toujours suivre ses parents, aussi bien s'ils sont indigents et méprisés, et sans rougir d'eux, à plus forte raison s'ils sont à plaindre. »

Quand la nuit fut venue et que les fillettes s'étendirent dans leurs petits lits blancs, sous les rideaux soyeux, Folla se releva doucement, et, s'assurant que Juliette dormait profondément, elle souffla la veilleuse et se recoucha toute frileuse.

Alors elle enfouit sa tête brune dans l'oreiller et pleura de toutes ses forces, étouffant le plus qu'elle le pouvait le bruit de ses sanglots.

Le lendemain matin elle se leva toute pâle et très grave. Elle embrassa tendrement Juliette comme à l'ordinaire ; mais elle eut beau faire, elle ne put venir à bout de rire avec elle.

« J'ai encore deux jours pour réfléchir et pour attendre que mon père revienne. Que fera-t-on de moi ? pensait-elle ; que diront M. et Mme Milane ?... Mon Dieu ! que je suis malheureuse ! Je suis sûre qu'il n'y a pas sur terre une petite fille plus triste que moi. »

On trouva, au déjeuner, que Folla avait la mine tirée et l'air mélancolique.

La pauvre enfant faillit fondre en larmes. On crut que Mlle Cayer l'avait grondée.

Et cependant Folla, malgré sa préoccupation, s'était montrée d'une sagesse exemplaire. Elle n'avait ni parlé ni souri pendant la classe : elle avait su ses leçons pour la première fois depuis longtemps, et son institutrice ne savait à quoi attribuer ce changement subit.

Chapitre VII
Tes père et mère honoreras

Il était revenu, l'homme de Pallavas, ce Félicien Marlioux qui réclamait la petite Folla comme son bien légitime, et qui cependant, pour un peu d'or, l'eût cédée volontiers à ceux qui l'avaient adoptée.

C'est qu'il ne demanda pas seulement *un peu* d'or, le malheureux ! il exigea une si forte somme que les Milane reculèrent devant le sacrifice à faire, ne croyant pas devoir détourner une telle part de l'héritage futur de Juliette, leur idole.

Leur intention, d'ailleurs, en gardant Folla, eût été, non point de l'élever comme par le passé, mais de la mettre en pension jusqu'à sa majorité, et ensuite de l'établir selon son rang modeste, de la marier avec un honnête ouvrier. Après tout, la fille d'un galérien ne pouvait plus désormais vivre sur un pied d'égalité presque absolue avec la fille des Kernor ; cela porterait préjudice à celle-ci plus tard ; on aurait pu jaser dans le monde sur cette intimité entre deux enfants si distinctes d'origine et de rang.

Seulement les prétentions exorbitantes de Félix Marlioux firent avorter ce nouveau plan ; elles soulevèrent l'indignation du châtelain de la Seille.

C'est alors que Mme Milane prit sur elle d'annoncer à Folla le secret de sa naissance, de lui apprendre le nom de son père et de sa mère et le changement qui allait avoir lieu dans sa vie.

Ce n'était point tâche facile, et la pauvre femme tremblait fort en attirant sur ses genoux l'enfant qu'elle avait aimée, caressée pendant sept ans, et à laquelle elle allait porter un coup terrible.

Mais, à sa grande surprise, aux premiers mots qu'elle prononça, Folla l'interrompit d'un petit air tranquille qui ne lui était pas habituel :

« Bonne maman... non, madame, fit-elle en se reprenant tristement, je sais déjà tout.

– Comment ! tu sais tout ?... Ce... cet homme t'a donc parlé ? »

Folla raconta simplement la scène de la grève à Pallavas, puis celle de la bibliothèque, dont elle avait été l'auditrice inconsciente en jouant à cache-cache.

Mme Milane ne revenait pas de la force d'âme de cette enfant, qui s'était tue pendant deux jours et n'avait rien montré de la peine cuisante qui lui déchirait le cœur.

« J'ai pourtant bien du chagrin, bonne maman », conclut Folla en fondant en larmes et en cachant sa tête désolée sur l'épaule de la vieille dame.

Celle-ci fut émue de tant de désespoir, et son cœur se rouvrit à l'enfant qu'elle voyait si aimante et si malheureuse.

« Ma chérie, lui dit-elle, je te parle comme à une grande personne ; je te le dis tout simplement, ton père a des exigences folles. Cependant je causerai encore de tout cela avec bon papa ; nous trouverons peut-être un moyen de tout arranger.

– Et..., demanda l'enfant en regardant fixement Mme Milane, si vous ne me rendez pas à mon père, que ferez-vous de moi ? »

Mme Milane parut embarrassée.

« Je ne sais pas encore. Tu auras besoin de beaucoup travailler, ma pauvre petite ; nous te mettrions dans une bonne pension où...

– Je ne serais plus avec Juliette ? plus avec vous ? plus à la Seille ? plus à Paris ?

– Mon Dieu, mon enfant, tu dois comprendre que tu ferais ton éducation bien mieux à la pension qu'au milieu de nous. »

Folla baissa la tête ; puis, la relevant d'un air triste, mais déterminé :

« Bonne maman, ce n'est pas cela qu'il faut faire. Je vous remercie beaucoup de vos généreuses intentions pour la pauvre fille de Gervaise Marlioux ; je me souviendrai toute ma vie que vous avez longtemps remplacé ma mère, que vous m'avez élevée, gâtée, soignée ; mais il ne faut pas que vous cédiez à mon père, il ne faut pas lui donner votre argent. Il ne faut pas non plus que j'aille en pension ; j'y serais très malheureuse. Songez donc, si un jour on apprenait que je suis la fille de... (ici elle baissa la tête confuse) d'un homme qui revient de... là-bas, on me le ferait sentir.

– Mais alors tu retournerais donc volontiers chez ton père ?

– Eh ! oui, madame, c'est ce que je dois faire. Pensez donc que ma pauvre maman est privée de raison, dans la misère peut-être ; qui est-ce qui prend soin d'elle là-bas ? Personne souvent, ou bien des mains étrangères qui ne font pas ce que ferait une parente, une fille surtout. Mon père enfin n'est pas heureux, puisqu'il est sans travail et probablement méprisé. Vous voyez bien, madame, ma place est auprès d'eux. »

Mme Milane regardait Folla avec de grands yeux stupéfaits.

« Mon enfant, qui donc t'a appris ces choses-là ?

– Personne, bonne maman ; mais j'ai beaucoup pensé depuis

quelques jours. Est-ce que je n'ai pas raison ?

– Certainement, mignonne, tu parles comme une femme ; mais si tu allais souffrir loin de nous ? »

Folla réfléchit un peu.

« Bien sûr, bonne maman, je souffrirai, puisque je ne vous verrai plus, ni vous, ni bon papa, ni Juliette, ni Mlle Cayer, ni la Seille. Mais si ma pauvre maman venait à guérir grâce à mes soins, et si mon papa m'aime un peu, je serai bien payée. »

Mme Milane la regarda avec attendrissement et l'embrassa.

« Promets-moi, si tu as trop de peine chez tes parents, si l'on méconnaît ton bon cœur, si la vie t'y est trop dure, promets-moi de nous appeler, et nous te secourrons.

– Oui », répondit la petite fille. Et, ne pouvant plus retenir les sanglots qui l'étouffaient, elle pleura avec abandon dans les bras de la vieille dame.

M. Milane, à qui sa femme raconta, tout émue, l'entretien qu'elle avait eu avec Folla, tenta vainement quelques efforts pour concilier les intérêts de Folla et ceux de Juliette ; il voulut même prémunir la première contre la déception qui l'attendait peut-être, en lui traçant un sombre tableau de l'existence qu'il faudrait mener sous le toit de Marlioux.

L'enfant soupira, mais elle tint bon ; elle voulait remplir son devoir.

Chapitre VIII

La derniere nuit

C'était un mardi, à six heures du soir, que Folla devait quitter la Seille.

Félix Marlioux jura et tempêta longuement lorsqu'il vit échouer son plan, quand M. Milane lui apprit qu'il ne pouvait accepter ses conditions, et que la petite Sophie était toute décidée à rentrer chez ses parents.

Il ne s'attendait pas à cela.

« Bah ! pensa-t-il à la fin, emmenons toujours l'enfant, ça ne durera pas longtemps ; elle aura vite assez de sa nouvelle vie, et elle manquera ici ; on me la redemandera, et j'exigerai une plus forte somme encore. »

En attendant, il joua les sentiments paternels et feignit de prendre bravement son parti. C'était pour le bien de sa fille uniquement qu'il avait parlé de la laisser à la Seille ; car enfin la pauvre petite, élevée jusqu'alors dans le duvet de cygne, allait se trouver bien dépaysée soudainement. Mais quoi ! il était père avant tout, et bien trop heureux de retrouver son enfant ; il allait enfin avoir de la gaieté autour de lui, et une petite ménagère pour faire la soupe.

« Vous n'allez pas la tuer de travail, au moins, demanda Mme Milane, que ces derniers mots inquiétèrent. Songez qu'elle n'y est pas accoutumée.

– Ah ! ma foi ! madame, riposta l'homme, faut bien qu'elle redescende à son rang. J'ai pas de quoi lui payer une servante. »

Le matin du jour fixé pour le départ de Folla, Juliette et son institutrice partirent pour Paris. On prétexta qu'elles devaient s'y rendre d'avance pour faire préparer l'appartement de la rue Lafayette, M. Milane ayant encore affaire à la Seille avec ses fermiers, Mme Milane restait avec lui et même gardait Folla pour ne point trop s'ennuyer. Cette dernière clause fit bouder Juliette.

« Je ne m'amuserai guère toute seule ! » murmura-t-elle.

Mais on recommanda à Mlle Cayer de la conduire au cirque, à la ménagerie, au Luxembourg, bref partout où il lui plairait ; on promit tant de plaisirs à la fillette, qu'elle finit par se réjouir de retourner à Paris, même sans Folla.

Il était convenu qu'elle ignorerait l'événement qui la séparait de sa sœur de lait. Quand elle verrait arriver à Paris M. et Mme Milane sans leur enfant adoptive, on lui expliquerait que des parents de Folla étant venus la chercher tout à coup, on l'avait laissée partir, mais qu'elle reviendrait un jour.

On comptait sur le temps, sur les plaisirs de l'hiver et sur d'autres petites amies pour lui faire oublier sa prétendue cousine, ou au moins pour la consoler de son absence.

Juliette avait donc embrassé Folla en lui disant : « Tâche que bon papa termine vite ses affaires pour venir me rejoindre au plus tôt. »

La dernière nuit qu'elles passèrent ensemble à la Seille, elles couchèrent dans le même lit, comme cela arrivait quelquefois quand elles voulaient babiller longtemps le soir et qu'on les croyait sagement endormies.

La veilleuse éclairait faiblement les murs recouverts d'une jolie tenture bleue.

Sous les rideaux de même teinte, deux petites têtes, l'une blonde, l'autre brune, agitaient sur l'oreiller leurs boucles confondues.

Folla était grave, Juliette rieuse.

« Pourquoi ne ris-tu pas ? demanda cette dernière en examinant son amie à la lueur pâle de la veilleuse. Tu es toute drôle, tu ne joues plus depuis quelque temps. Pourquoi me regardes-tu ainsi ? Tu n'es pas amusante, sais-tu ? »

Folla n'y put tenir et éclata en sanglots :

« C'est que tu pars demain sans moi ! » balbutia-t-elle dans ses larmes.

Étonnée de cette soudaine explosion de pleurs, Juliette répondit :

« Bah ! moi aussi cela m'ennuie, mais dans huit jours tu me rejoindras ; nous allons bien nous divertir cet hiver, bonne maman m'a promis tant de choses ! »

Sophie ne répondit que par un triste sourire, tandis que Juliette continua à babiller gaiement ; puis sa tête blonde reposa sur l'oreiller, et ses grands cils s'abaissèrent sur ses yeux de rieuse. Elle dormait.

Accroupie sur son séant, Folla put alors laisser couler librement ses larmes, sans bruit, doucement ; mais elles étaient si amères, ces larmes !

À la fin, sentant la fatigue la gagner, elle se glissa lentement dans le lit, à côté de sa sœur de lait, et à son tour tomba dans un lourd sommeil.

Chapitre IX

La dernière heure

La Seille est plongée dans la mélancolie et le silence. Dans la mélancolie, parce que Juliette est partie avec Mlle Cayer ; dans le silence, parce qu'on est à l'automne, que les oiseaux ne chantent plus, et que le ciel est lugubre et lourd comme une voûte de plomb.

Il est l'heure de la tombée du jour ; on attend l'arrivée de Félix Marlioux, qui va emmener sa fille.

Sa fille, elle erre, la pauvre enfant, à travers ces lieux tant aimés, dont le moindre recoin lui garde un souvenir.

Elle a baisé les murs de sa chambrette, cette chambrette claire qui a abrité ses rires joyeux et ses nuits calmes avec sa chère Lili. Elle a embrassé Sapho, qui a gémi en la regardant doucement ; puis ses tourterelles rosées ; puis Marquise et Light, les chevaux, jusqu'au poulain, qu'on lui défendait de toucher. De la main elle a envoyé un baiser aux cygnes blancs de la pièce d'eau, aux saules éplorés qui argentent de leurs feuilles tombées la surface de l'étang ; elle a contemplé leurs petits jardinets abrités contre un mur au midi, elle y cueille les dernières fleurs ; elle a visité aussi le vieux chêne dans le tronc duquel elles se faisaient un siège ; les poules, dont elles mangeaient les œufs, qu'elles allaient quelquefois chercher elles-mêmes à la basse-cour ; enfin chaque endroit familier lui rappelle une heure heureuse. Là elles ont été prises d'un fou rire à la suite d'une aventure plaisante ; ici elles ont pleuré après une sottise commise, de peur d'être grondées ; plus loin, en grimpant sur la même branche du cerisier, elles sont tombées, sans se blesser, par bonheur.

Et maintenant voilà notre pauvre Folla debout, les bras pendants, devant le piano, cet ami que ses menottes agiles ont tourmenté si souvent ; elle espérait devenir une forte musicienne.

Deux grosses larmes s'échappent de ses yeux : hélas ! il n'y aura point de piano là-bas, dans le logis de Gervaise.

Heureusement cette excellente Mme Milane, qui pense à tout, a glissé dans la malle de l'enfant la guitare, qui pourra au moins la réjouir ou la consoler dans son exil.

À présent, l'heure de la séparation a sonné : Félix Marlioux est ici. Tandis qu'il parle, M. Milane regarde attentivement la petite Sophie et s'étonne de trouver à ce visage enfantin, devenu grave en quelques jours, une vague ressemblance avec sa fille, Mme Kernor, ressemblance à laquelle Juliette ne participe aucunement.

Lui aussi souffre de voir s'envoler de sa maison cet oiseau

enchanteur qu'il a caressé si longtemps.

« Rendez-la heureuse, dit Mme Milane à Marlioux ; souvenez-vous que d'elle-même elle a voulu aller avec vous, quoiqu'elle ait ici une seconde mère, presque une sœur et le bien-être. »

M. Milane s'est occupé du père de l'enfant : il lui a découvert tout près de Marseille, à Endoume, une place lucrative dans une fabrique, où, s'il se montre laborieux, l'ouvrier gagne de six à dix francs par jour. En se montrant économe, Marlioux peut, tout en vivant bien, économiser de quoi payer une femme pour faire chaque matin le plus gros du ménage, puisque Gervaise est incapable de rien faire, et aussi de quoi envoyer Folla dans un modeste externat, où elle pourra au moins ne pas oublier le peu qu'elle a appris.

Marlioux fait de belles promesses, remercie les bienfaiteurs de Sophie, et se montre bien décidé à vivre en honnête homme, en bon père de famille ; il travaillera ferme et donnera de bons principes à sa fille.

Mme Milane prend Folla à l'écart et l'embrasse fort, tout émue.

« Tiens, dit-elle en lui remettant une petite boîte cachetée, mets ceci dans ta poche et ne le montre à personne, surtout à ton père ; conserve-la soigneusement. Si quelque jour le travail lui manque, qu'il soit malade ou qu'il faille plus de soins à ta mère ; bref, si tu te trouves dans l'embarras, tu ouvriras ton petit trésor, et n'oublie pas non plus de nous appeler à ton aide si tu es malheureuse. »

Folla cacha la boîte dans sa poche ; elle est bien triste et promet de ne jamais oublier ceux qui ont été si longtemps ses parents adoptifs, de rester une bonne petite fille et de ne jamais négliger ses devoirs de chrétienne. Puis elle ajouta après un sanglot :

« Madame, vous m'aimerez bien encore un peu, quand même je ne serai plus là ?

– Mais certainement, mignonne, toujours.

– Et Juliette ?

– Juliette aussi, elle n'est pas oublieuse.

– Vous ne lui direz jamais que...

– Que... ?

– Que je suis la fille de... de...

– Non, je te le promets », répond Mme Milane, qui devine ce que la bouche de l'enfant n'ose proférer.

Et voilà Folla trottinant sur la route, tournant le dos au château et n'osant plus le regarder, de peur d'éclater en sanglots.

L'obscurité du soir descendait lentement sur la campagne ; le vent secouait les arbres échevelés.

L'homme et l'enfant, qu'il tenait par la main, passèrent devant une grande croix placée à l'angle du chemin.

Le premier n'y fit point attention, mais la petite fille regarda ces grands bras du Christ ouverts sur la route et sur elle.

« Mon Dieu, ayez pitié de moi, murmura-t-elle tout bas ; faites que mon papa m'aime un peu, et que maman ne soit plus folle.

– Est-ce que je te fais peur, petite ? » demanda l'ancien forçat d'une voix presque douce.

Folla releva sur lui ses grands yeux foncés brillants et tendres :

« Non, papa.

– Ah ! poursuivit-il, tu ne vas pas trouver là-bas le luxe que tu as connu jusqu'ici.

– Je m'en passerai très volontiers, papa ; même je serai très contente de me rendre utile ; vous verrez que je ferai une bonne petite ménagère. »

Marlioux glissa un coup d'œil malicieux sur la petite fille brune, frêle et mince, qui trottait à côté de lui.

« Tu as les mains trop fines pour les mettre à la pâte, ma petite, fit-il, et cependant il faudra faire bien des choses par toi-même.

– Je les ferai, papa ; je suis plus forte que je n'en ai l'air, et l'on disait à la Seille que je suis adroite. »

Ils se rendaient à Avignon d'abord, ne devant s'installer à Endoume que la semaine suivante.

Il faisait nuit noire quand ils arrivèrent à destination.

Épuisée d'émotions, Folla s'était endormie en chemin de fer. Une voisine complaisante la prit des bras de son père, la déshabilla et la coucha, sans l'éveiller, dans un lit de sangle installé à la hâte dans un étroit cabinet.

Chapitre X
La femme folle

Quand elle rouvrit les yeux le matin suivant, la petite fille se les frotta longuement, croyant rêver. Mais le souvenir de la réalité lui revint. Elle ne pleura point en se trouvant transportée tout à coup d'un nid coquet entre les quatre murs blanchis à la chaux d'un réduit exigu, dans un lit maigre garni de draps grossiers.

Elle se leva prestement, fit sa toilette et sa prière, natta tant bien que mal sa chevelure prodigue et rebelle, et ouvrit la porte.

La chambre voisine servait à la fois de cuisine et de salle à manger.

La maisonnette ne se composait que de trois pièces ; dans la troisième couchaient Félix Marlioux et sa femme.

Folla s'aventura hors de chez elle avec un violent battement de cœur : elle allait revoir sa mère, et cette mère était une insensée. Qui sait si la vue de son enfant aimée, retrouvée après tant d'années de séparation, ne lui rendrait pas la raison !... Marlioux aussi pensait cela, debout au milieu de la chambre carrelée, près du poêle sur lequel bouillait une casserole de lait.

Folla vint présenter son front à son père, puis ses yeux inspectèrent curieusement autour d'elle.

C'était un triste logis froid et sombre ; la pièce était triste et nue.

À l'entrée, sur le seuil de la porte ouverte, une femme était assise sur un escabeau grossier. Cette femme pouvait avoir de quarante à cinquante ans ; ses cheveux étaient déjà tout gris et tombaient épars de sa pauvre tête folle, qui ne pouvait supporter ni bonnet ni chapeau.

Ses traits avaient dû être beaux, et Folla demeura toute surprise d'y trouver comme une ressemblance avec ceux de Juliette, surtout dans les yeux, de couleur claire et de forme parfaite ; seulement ceux de la petite Kernor avaient une expression tranquille ; ceux de Gervaise, brillants et farouches, faisaient peur.

Les vêtements de cette femme étaient en désordre comme sa chevelure ; ses lèvres, presque sans remuer, murmuraient une chanson monotone, et ses bras faisaient continuellement le geste de bercer un petit enfant.

Folla se rapprocha timidement de Félix Marlioux :

« Père, dit-elle, ce qu'elle pleure, c'est sa fille, n'est-ce pas ?

– Oui, répondit-il machinalement.

– Et… si elle me reconnaît, cela peut la guérir, même subitement.

– Peut-être », fit le père en poussant doucement la fillette du côté de la folle.

Lui aussi pensait cela.

Ma foi ! la femme et l'enfant ne lui étaient qu'un surcroît de dépense, une lourde charge ; si Gervaise recouvrait la raison, au moins il n'aurait plus le souci du ménage.

Aussi regardait-il avec une certaine anxiété la petite Sophie s'approcher de Gervaise.

« Mère », murmura-t-elle de sa douce voix, en tendant ses lèvres roses à la joue flétrie de la folle.

Celle-ci tourna lentement sa tête vers elle. Il y eut un regard glacé dans ses yeux d'un bleu gris, comme ceux de Juliette Kernor.

« Mère, ne me reconnaissez-vous pas ? Je suis Sophie, votre fille, votre enfant que vous avez perdue depuis sept ans ; je vous aime beaucoup. Ne voulez-vous pas m'embrasser ? »

Gervaise continua à la considérer tranquillement, sans interrompre ni sa chanson ni son bercement monotone.

L'homme, qui attendait debout au fond de la chambre, poussa un blasphème sourd.

Folla retint un sanglot.

« Prenons patience, dit-elle à son père ; je la soignerai, je la caresserai si bien, qu'elle finira par me reconnaître, vous verrez. »

Félix Marlioux partit pour s'occuper de son installation prochaine à Marseille, et Folla demeura seule avec la pauvre insensée. Elle s'en effraya un peu d'abord, puis elle reprit courage.

Elle visita la maison pour en connaître tous les coins et recoins ; ce ne fut pas long.

Quand elle connut la place de chaque chose, elle retira du feu le lait qui avait bouilli. Son père avait déjeuné avant de sortir ; elle en versa dans un bol de faïence minutieusement lavé, et coupa une tranche de pain ; puis elle apporta le tout devant Gervaise, qui la regarda fixement, étonnée.

« Mangez, mère », lui dit la petite fille.

Gervaise obéit et mangea assez avidement pour faire penser qu'on devait souvent la négliger.

Quand elle eut terminé son repas, Folla déjeuna à son tour ; ensuite elle lava les bols et les cuillers, mit tout en ordre dans la chambre, et entra dans son réduit, où sa malle était déposée.

Elle l'ouvrit alors, et ses larmes coulèrent amères et pressées en retrouvant tous ses chers souvenirs, qui gardaient comme un parfum de la Seille et de sa vie heureuse. Il y avait là sa guitare, ses cahiers et ses livres d'écolière paresseuse, puis ses robes. Mme Milane avait eu le tact de n'y placer que les plus simples : deux costumes de laine sombre, un autre plus chaud, en drap, sans garniture.

Celui que Folla avait sur elle en ce moment était en flanelle grise, orné d'un galon rouge. Elle mit soigneusement son tablier le plus grand, referma la malle après avoir donné un baiser presque religieux à la guitare. Il lui restait de l'ouvrage à faire : son petit nécessaire de toilette n'avait pas été oublié par la main prévoyante de bonne maman. Folla y prit sa brosse, son peigne, et vint à sa mère, toujours assise à la même place. Elle peigna non sans peine les cheveux gris emmêlés de la pauvre femme, et les disposa assez adroitement en chignon au sommet de la tête.

La folle se laissait faire, et même avec une certaine satisfaction ; si propre et si soigneuse autrefois, Gervaise devait souffrir maintenant, inconsciemment peut-être, du désordre dans lequel elle vivait.

Folla rajusta ensuite ses vêtements, la lava, brossa ses souliers, puis remit tout en place ; et, n'ayant plus rien à faire, elle vint s'asseoir à côté de sa mère.

Elle n'en avait plus peur. En s'occupant laborieusement, elle avait repris courage. Seulement midi approchait, et Folla se demandait, inquiète, comment on déjeunerait, et si son père allait revenir, comme il l'avait dit.

Il revint heureusement, un peu maussade, un peu de mauvaise humeur ; mais il donna une tape amicale à la joue de sa fille, et

Chapitre X

apportait de la viande froide, des œufs et une bouteille de vin.

Folla dressa promptement trois couverts, et fit bouillir de l'eau. Après ce frugal repas, Félix Marlioux bourra sa pipe ; Gervaise retourna s'asseoir à la porte comme à l'ordinaire, en regardant la route.

« Petite, dit tout à coup l'homme à la fillette, qui arrangeait la vaisselle, tu n'es pas habituée à faire si maigre chair ; tu n'as pas eu de dessert.

– Cela ne fait rien, papa, répondit-elle, et je m'en passe très volontiers. »

L'ancien forçat la regardait aller et venir, adroite et légère comme un papillon.

« Laisse cela, dit-il encore, la Jantet s'en chargera ; pour trois sous par jour que je lui donne, elle balaye la maison et lave les assiettes. »

Folla soupira de soulagement ; elle se prêtait bien volontiers à toutes sortes d'ouvrages, même grossiers, mais elle éprouvait une répugnance extrême à plonger ses mains dans l'eau grasse. Cette fille dévouée et courageuse gardait certaines délicatesses inhérentes à sa nature.

L'après-midi, elle n'osa se hasarder seule hors de la maisonnette ; son père était reparti, la vieille Jantet aussi, après avoir accompli en hâte sa besogne quotidienne.

Folla s'ennuya ; elle essaya de faire parler sa mère, mais l'insensée ne répondait toujours que par sa chanson monotone.

La nuit tomba de bonne heure, une nuit noire et triste ; le feu était mort dans le fourneau refroidi. Le mistral s'éleva ; la folle ne voulut pas quitter son poste, elle était insensible aux piqûres âpres du vent.

Et la petite fille y demeura exposée, assise loin de la porte, sur un tabouret, les mains roulées dans son tablier pour les réchauffer, et ses pieds se glaçant, immobiles, sur la dalle froide.

Elle se sentit seule et abandonnée : au dehors, c'étaient les ténèbres, le silence lugubre ; au dedans, l'isolement et l'ombre aussi.

Une tristesse étrange pesait sur ces lieux solitaires. Folla fixa ses grands yeux désolés devant elle, sur cette mère qui ne la reconnaissait pas, qui ne lui rendait pas ses baisers, et dont les yeux brillaient dans la nuit comme deux flammes.

Folla frissonna et pleura.

« Tu t'ennuies, petite ? » fit tout à coup auprès d'elle la voix de son père.

Il était arrivé sans qu'elle l'entendît, ayant la tête cachée dans son tablier, et à la lueur d'une allumette qu'il avait frottée il avait vu l'enfant pleurer.

« Tu t'ennuies, reprit-il, et tu es toute gelée ; console-toi, dans deux jours nous partirons pour Marseille, et là-bas tu trouveras du soleil et de l'eau salée tant que tu en voudras. Si cela t'amuse, tu pourras aider au déménagement ; dès demain nous emballons. »

Sophie sécha ses pleurs, et, en effet, fut si occupée pendant quarante-huit heures, qu'elle n'eut plus le temps de se livrer à sa tristesse.

Chapitre XI
Endoume

Le samedi soir, Marlioux emmena sa femme et sa fille. Il fallut beaucoup de peine pour décider la première à quitter la maisonnette, et tout le long du trajet elle demeura sans parole, effarouchée, presque terrifiée.

Folla, vêtue de son costume le plus simple, voyageait pour la première fois en troisième classe ; certes, elle n'en était ni humiliée ni choquée, mais elle en souffrit. Son père entra en conversation avec de rustiques voyageurs dont les voix rudes sonnaient douloureusement aux oreilles délicates de l'enfant et l'empêchaient de dormir ; puis ils fumèrent, sans se soucier de la femme et de la petite fille, blotties dans leur coin.

Mais cette impression pénible se dissipa à mesure qu'on approcha de Marseille ; l'aube devint moins pâle, l'atmosphère plus douce, et enfin la jolie ville, toute gaie dans le soleil du matin, sembla sourire à la petite exilée.

Elle sentit un peu de courage lui revenir au cœur ; le tramway emporta le trio de voyageurs du côté d'Endoume, un camarade complaisant devant voiturer dans la journée le maigre mobilier de

Félix Marlioux.

Folla éprouva une vive émotion à la vue de la grand mer bleue, qui, encore agitée de ses colères précédentes, battait le nord de son flot blanc d'écume, et jetait ses gouttes salées jusque par-dessus le parapet de pierre. La fillette joignit ses mains, comme en extase ; cela lui rappelait Pallavas, et elle aimait tant la mer !

« Avec ce tableau sous les yeux, se dit-elle, je ne pourrai pas m'ennuyer. »

Les Marlioux s'installèrent donc à Endoume ; on emménagea le jour même, afin que Félix pût entrer à la fabrique le lendemain matin, et cela ne prit pas beaucoup de temps.

Grâce à l'adresse et au bon goût de Folla, la maisonnette prit un air riant, presque coquet.

Le jardin était lilliputien, mais il s'y trouvait un gros figuier et quelques arbustes brûlés du soleil et dépouillés de leurs feuilles.

Folla se promit de soigner tout cela au printemps prochain.

Le logis se composait de quatre pièces exiguës, sauf celle qui servait de cuisine.

Tout fut bientôt en ordre et reluisant de propreté. Comme à Avignon, Marlioux employa chaque jour une heure, pour une modique somme, une vieille femme qui fit le ménage, ou plutôt le plus gros du ménage.

De ce moment, la petite Folla commençait sa triste existence d'enfant abandonnée ; nous disons abandonnée, parce qu'elle vivait entre un père d'humeur sombre et changeante, qui ne pouvait comprendre sa nature fine et tendre, et une femme privée de raison ; parce que nul ne prenait soin d'elle, et qu'elle n'avait point d'amie.

Aussi les jours lui parurent-ils d'une longueur démesurée, et, au fond de son petit cœur désolé, elle regretta la douce vie d'autrefois.

Elle se rendait utile cependant le plus possible, la chère fillette ; mais quand elle avait fait le matin sa toilette et celle de sa mère, passé le torchon sur les meubles, rangé les chambres après la vieille Provençale, qui nettoyait tout à la diable, elle ne savait plus que faire.

En attendant le retour de son père, à midi, puis le soir, elle eût désiré raccommoder le linge de la maison ; mais elle tenait mal l'aiguille, grâce à sa funeste paresse des temps passés, qui lui faisait trouver ennuyeux le travail manuel comme celui de la plume.

Alors elle tricotait un peu, ou bien elle essayait d'étudier seule, reprenant ses livres de classe ; mais là encore elle déplorait sa nonchalance d'autrefois ; si elle avait mieux profité des claires explications de sa maîtresse ou exercé sa mémoire, elle aurait pu parvenir à s'instruire à peu près seule, car elle était intelligente ; mais impossible !

Ah ! que n'eût-elle donné alors pour se retrouver assise à son petit bureau de la salle d'étude, et comme elle eût prêté une oreille attentive aux moindres paroles de Fraülen ! Pauvre Fraülen, qui avait perdu son latin avec l'élève inappliquée et rebelle !

Il fallut pourtant que Sophie allât à l'école, et sa honte redoubla en voyant ses compagnes, toutes de son âge ou plus jeunes qu'elle, suivre une classe supérieure à la sienne, écrire plus correctement qu'elle et réciter leurs leçons convenablement.

Là aussi Folla souffrit ; ces enfants méridionales, bruyantes et tapageuses, étaient promptes à la dispute. Quoique vive, la fille de Gervaise gardait une attitude douce et froide, qui, loin d'imposer aux jeunes Marseillaises, les exaspérait ; elles se sentaient au-dessous de Folla par l'éducation et la tenue, aussi se liguèrent-elles contre la fillette, qu'elles appelaient dédaigneusement « la Parisienne », et, dans leur dialecte hardi, elles lui donnaient les épithètes les moins flatteuses, surtout en faisant allusion au retard apporté dans ses études.

Non qu'elles fussent méchantes ; seulement, sentant que la fillette n'était pas des leurs, elles le lui faisaient sentir, sans se douter de leur cruauté, qui blessait vivement le petit cœur aimant de Sophie Marlioux.

Quand elle rentrait de l'école, toujours seule, et avec une sorte de soulagement, elle s'occupait un peu du ménage, cousait comme elle pouvait, et se permettait un instant de douce récréation avec sa guitare.

La folle semblait l'écouter avec un certain plaisir, jouer et chantonner. L'enfant avait retenu dans sa mémoire les courts motifs appris autrefois ; puis, chaque fois qu'un de ces Italiens à la voix si mélodieuse accompagnait son travail d'une chanson, quand un orgue de Barbarie jetait sur la route empoussiérée son cri aigu et mélancolique, elle notait la musique dans sa petite tête, et la retrouvait ensuite sur les cordes sonores de son instrument.

Il y avait pour elle encore une autre distraction. Quand la folle demeurait tranquille ou assoupie à sa place habituelle, Folla s'éloignait un peu et traversait la belle route d'Endoume jusqu'à la plage, non pour jouer avec les autres enfants à ramasser des algues et des coquilles ou dans des bateaux amarrés, mais pour se tenir à l'écart, bien blottie et cachée aux regards par un rocher ; elle passait ainsi des heures entières à écouter les vagues harmonies de la mer ou ses grands silences tout pleins de majesté.

Les flots mouillaient ses pieds, elle les laissait faire : c'étaient ses amis, les flots, et elle leur contait toute l'amertume qui minait son petit cœur.

Parfois il y avait tempête, et la jolie baie bleue d'Endoume, si gaie et riante par le beau temps, devenait menaçante et noyée sous les lames furieuses.

C'était beau encore, et Folla, assise un peu plus loin du bord, aimait à recevoir sur sa peau douce et fraîche les caresses violentes du vent du large, qui lui apportait de grandes ondes salées.

Ceux qui l'apercevaient ainsi, songeant sur la grève, se demandaient quelles réflexions pouvaient bien s'agiter dans cette petite tête. Ce regard d'enfant, tout chargé de muettes rêveries, donnait à penser ; on ne connaissait pas les antécédents de la fille des Marlioux, mais on disait qu'elle avait des aspirations au-dessus de son rang, et que l'ouvrier Marlioux, au lieu de payer une demi-servante à cette petite princesse, devrait l'élever plus rudement et la préparer déjà à l'état d'ouvrière.

Et voilà quelles étaient les uniques joies et les récréations de la pauvre Folla, que nous avons connue naguère si gaie et si insouciante.

Son père ne lui témoignait qu'une affection capricieuse et froide. Tantôt il rentrait las de sa journée, fatigué, maussade, et n'accordait à son enfant qu'un baiser glacé et distrait ; d'autres fois, se souvenant soudain qu'il possédait une fille, il lui donnait une caresse plus longue et lui adressait quelques paroles banales.

Quant à sa mère, elle n'avait pas changé ; cependant on constatait à certains jours un léger progrès dans son état, une lueur lucide dans ses yeux mornes, et elle fixait alors un regard avide et curieux sur la petite fille qui prenait soin d'elle.

Elle paraissait sensible à ses attentions quotidiennes, et son visage était moins farouche. De plus, au lieu de bercer sans cesse sur ses bras un nourrisson imaginaire, elle s'occupait un peu : Folla avait eu l'idée de lui mettre dans les doigts des aiguilles à tricoter et de la laine. Machinalement Gervaise s'était remise à ce travail, qui l'enlevait peu à peu à son rêve bizarre.

Un soir, la petite fille eut une violente émotion : Félix Marlioux était sorti après avoir fumé sa pipe, et Folla, qui ne prenait goût ni à sa guitare ni à sa poupée ce jour-là, se coucha, ne sachant à quoi s'occuper. Elle ne dormait point dans sa chambrette dénudée, qu'elle partageait avec les dernières mouches de la saison ; sa porte se rouvrit, et la folle parut.

Folla eut peur, mais ne bougea point.

Gervais semblait avoir recouvré une partie de sa raison ; ses mouvements n'étaient plus saccadés, ses yeux brillaient d'un éclat naturel. Elle s'approcha du petit lit, une lumière à la main, releva la couverture, et se mit à examiner les jambes de Folla, qui apparaissaient nues et fines entre les draps de grosse toile. Elle regardait scrupuleusement et semblait y chercher une marque, un signe.

Folla la laissait faire, n'osant remuer et retenant son souffle. Après quelques minutes d'un examen minutieux, Gervaise se releva, et sans colère, profondément triste, elle jeta ces mots à l'enfant atterrée :

« Tu n'es pas ma fille, tu n'es pas ma Sophie ; tu es l'autre, celle qui n'est pas à moi ! »

Et elle quitta la chambre, laissant Folla pleurer sous ses couvertures, en proie à un chagrin amer.

La pauvre petite devait pourtant subir de plus dures épreuves encore.

Chapitre XII
Volée !

Cette vie mélancolique, mais tranquille au fond, dura environ trois mois.

Intelligent et adroit ouvrier, Félix Marlioux gagnait de quoi suffire aux dépenses du ménage. Au bout de quelques mois, son humeur s'altéra, ses manières devinrent plus brusques, son langage plus cynique, son caractère inégal.

Folla remarqua que ce changement data du jour où il reçut un ami (l'homme qui accompagnait Félix Marlioux à Pallavas l'an passé). À cet ami vint se joindre un autre, puis un autre.

Marlioux ne rentra bientôt plus tous les soirs à la maison, et quand il rentrait il n'était pas seul. Alors Folla cachait sa tête épouvantée sous les draps de son lit pour ne pas ouïr les chansons grossières, les propos libres et parfois les paroles furieuses qui s'élevaient dans la chambre voisine. Gervaise couchait dans une autre pièce ; on l'oubliait, elle, heureusement.

Et le lendemain, au matin, Folla trouvait son père plongé dans un lourd sommeil, et des traces d'orgie souillaient la salle qu'entretenait si proprement la pauvrette.

Quand il se réveillait, Marlioux était de mauvaise humeur, malade, et parlait à sa fille comme on parle à un chien, ne pouvant supporter le regard douloureusement étonné de ces yeux noirs et tristes attachés sur lui comme un muet reproche.

Peu à peu l'argent devint plus rare dans le petit ménage, et Folla dut songer à devenir économe, très économe.

Elle prit sur elle de congédier la vieille femme qui faisait le ménage chaque matin, et se chargea de cet ouvrage.

On était à la fin de l'hiver, et quoique en Provence cette saison soit moins rude qu'ailleurs, les jours de pluie ou de mistral la petite Folla eût été bien aise de voir une flambée dans la salle, pour réchauffer ses mains rouges de froid ; mais il fallait du bois pour cela.

Tout alla de plus mal en plus mal : Félix Marlioux se fit chasser de la fabrique où il travaillait, et il lui fallut vivre d'expédients.

Sophie se demandait naïvement comment il faisait pour gagner le peu d'argent qu'il apportait à la maison.

Il n'y venait plus guère cependant, au pauvre logis d'Endoume, et les hommes de mauvaise mine qu'il amenait avec lui avaient toujours le blasphème à la bouche ou de grossières plaisanteries.

Et peu à peu l'enfant s'étiola dans ce milieu malsain, entre une mère qui la reniait pour sa fille, et un père qui ne s'occupait pas plus d'elle que si elle n'eût pas existé, et ne lui donnait même pas le pain nécessaire à son existence.

Ce fut alors qu'elle se rappela la petite boîte que lui avait remise Mme Milane le soir de son départ de la Seille.

Elle courut à sa petite malle, fouilla dans la poche de la robe qu'elle portait ce jour-là, et en retira l'objet en question.

Folla y trouva trois billets de cent francs et dix pièces de vingt francs.

C'était une richesse, et du cœur meurtri de la petite fille s'éleva une nouvelle effusion de reconnaissance pour sa bienfaitrice.

Elle prit cet argent pour nourrir sa mère et se nourrir elle-même.

Marlioux rentrait chez lui de plus en plus rarement et toujours ivre.

Un jour cependant, entre deux lourds sommeils desquels il sortit hébété, il se demanda, étrangement étonné, d'où provenaient les ressources du petit ménage, que n'alimentait plus son travail.

« La mioche aura écrit aux Milane, se dit-il, et on lui envoie de l'argent. Pas bête, la mioche, mais sournoise ; comme si elle ne pouvait pas me le dire. Elle garde tout pour elle, tandis que j'ai soif, et on ne me fait plus crédit dans aucun cabaret. »

Pendant que l'enfant était à l'école, il fouilla dans sa malle, découvrit le petit trésor déjà bien entamé, et l'empocha.

« Ah ! ah ! dit-il, je ne fais pas tort à la bambine ; elle n'a qu'à en demander de nouveau, on ne lui en refusera pas. Eh ! eh ! je n'ai pas fait une si mauvaise combinaison en la retirant à ses parents adoptifs, ils seront notre vache à lait. »

À la porte, il se sentit brutalement arrêté par une main de fer. Sophie avait beau être sa fille, il n'agissait pas moins comme un voleur ; aussi fut-il effrayé.

Chapitre XII

Ce n'était pourtant que la folle.

Gervaise avait vu son manège, et, comprenant d'instinct que son mari portait préjudice à la fillette qui la soignait si tendrement, elle voulut la défendre.

Ce n'était qu'en de rares occasions qu'elle parlait ; cette fois ses lèvres blêmes s'ouvrirent pour jeter ces mots, comme un soufflet, à la face de l'ancien forçat : « Voleur ! lâche et infâme voleur ! »

Mais Félix Marlioux était fort ; il secoua l'étreinte de Gervaise et s'enfuit.

Quand Folla rentra et voulut puiser dans sa boîte pour aller acheter de quoi souper, elle poussa un cri de détresse en trouvant la serrure de sa malle forcée, ses effets éparpillés, jusqu'aux cordes de sa guitare brisées ; quant à l'argent, il avait disparu.

Gervaise surgit derrière elle.

« C'est lui ! dit-elle en montrant la porte ouverte.

– Qui, lui ? un voleur ?

– Oui, un voleur, répondit la folle dans un rire sinistre ; c'est lui, te dis-je, lui, Félix...

– Mon père ?... » fit l'enfant avec effroi.

Gervaise se redressa et dit avec force :

« Il n'est pas ton père ; tu sais bien qu'il n'est pas ton père, et moi, je ne suis pas ta mère, heureusement pour toi, pauvre petite ! » ajouta-t-elle en hochant sa tête grise.

Et, cette fois encore, dans le cœur de Folla se glissa un doute bizarre.

Elle ne se sentait plus autant de tendresse pour ce père qui la volait, qui avait été au bagne et qui l'aimait si peu. Elle ressentait pour Gervaise un sentiment plus proche de la pitié que de l'affection filiale, et elle se reprochait cela comme une faute, mais ne pouvait se surmonter ; elle commençait à se demander vingt fois par jour :

« Suis-je bien l'enfant des Marlioux ? »

Cependant, comme il fallait manger, elle alla vendre une de ses robes à une fripière, qui lui donna un prix dérisoire d'un costume de drap encore presque neuf.

Les autres vêtements prirent la même route ; on vécut ainsi

quelques jours.

Félix Marlioux ne rentrait pas ; Folla se décida à écrire à Mme Milane, de sa grosse écriture toujours incorrecte.

Elle était humiliée, la pauvre petite, d'être obligée d'avouer sa misère ; mais il le fallait.

Déjà, grâce à l'insuffisance de nourriture et aux précoces soucis, son petit corps s'était émacié, son visage avait pâli, et elle voyait Gervaise maigrir aussi.

Seulement on ne lui répondit pas.

Comme elle ne pouvait croire à l'oubli de ceux qui l'avaient aimée, elle se dit :

« Ils sont en voyage, ils n'ont pas reçu ma lettre. »

Elle pensait juste.

Juliette ayant pris un rhume dans une réunion d'enfants où elle s'était trop amusée, ses grands-parents l'avaient emmenée dans le Midi pour le reste de l'hiver.

Ils n'eurent point de nouvelles de Sophie Marlioux, sa lettre s'étant égarée.

La petite fille souffrit en silence et devint de jour en jour plus maigre et plus triste.

Un matin, ayant épuisé le peu de monnaie fournie par la vente de ses robes, elle porta sa guitare chez un marchand de bric-à-brac, qui la lui acheta.

Sa guitare ! seul objet auquel elle tînt.

Et cela la désespéra tout à fait.

Chapitre XIII

Rencontre

Un après-midi de mars, Folla n'avait pas été à l'école ; ses vêtements usés lui attiraient trop de quolibets et de méchancetés de ses compagnes ; sa maîtresse ne l'aimait pas, et nul ne prenait intérêt à ses progrès. D'ailleurs elle n'avait pas le cœur au travail, non plus qu'au jeu.

Elle alla sur la route où passent les tramways, les omnibus et même les équipages ; devant elle, elle avait ce blanc chemin de la Corniche serpentant au bord du golfe bleu, derrière elle la mer d'azur semée de voiles claires.

Elle s'accouda au parapet de pierre, sa petite tête amaigrie et triste appuyée sur sa main, et elle songea.

La veille, on avait parlé à Endoume d'un jeune garçon qui, en s'aventurant seul au large dans la barque de son père, avait chaviré et s'était noyé avant qu'on eût pu lui porter secours.

Folla pensait à cela, et se disait, comme malgré elle, que cet enfant était bien heureux et que, quand la vie est si noire et si dure, même pour les petits, il fait bon la quitter. Pauvre Folla ! son cœur était si plein de désespoir et de lassitude ! Ne la blâmez pas, mais plaignez-la.

Puis elle se rappelait son doux passé, son passé béni et joyeux ; il y avait un an à cette même époque, avait eu lieu à Paris un charmant bal d'enfants auquel elle avait assisté avec Juliette.

Celle-ci portait un fourreau de guipure sur un transparent de soie bleue, qui allait merveilleusement à son teint de neige et à ses cheveux d'or ; Folla, elle, était vêtue d'une petite robe anglaise en velours grenat, orné de dentelles blanches. On s'était tant amusé ! Il y a avait de jolis et gentils enfants, des gâteaux exquis et des glaces.

Oh ! cette délicieuse nuit de bal ! Folla s'en souvenait. Elle se souvenait de bien d'autres choses : des heures d'étude passées dans la chambre chaude, à Paris ou à la Seille ; des repas gais et abondants, des promenades à pied ou en voiture, des leçons de musique où elle se montrait si appliquée, du grand salon or et ponceau où l'on prenait le thé le soir quand il venait du monde, et enfin du château dauphinois, ce paradis radieux aux pelouses ombreuses et aux bois touffus.

Et maintenant Folla n'avait plus de quoi se vêtir, plus de quoi manger ; son père volait et s'enivrait, sa mère ne lui avait jamais donné un baiser... Un sanglot souleva sa poitrine. Pauvre Folla ! n'est-ce pas, c'était trop de souffrance et d'abandon pour ses dix ans ?

Et voilà qu'elle veut retourner à la maison, afin que les passants ne voient point ses larmes.

Au moment où elle va traverser la route, le claquement d'un fouet siffle à son oreille, et la grosse voix d'un cocher, à l'accent marseillais des plus prononcés, lui crie :

« Sapristi ! prends donc garde, petite sotte, j'ai failli t'écraser. »

Folla fait un bond en arrière pour éviter les chevaux ; c'est une voiture de louage qui emporte des promeneurs sur le chemin de la Corniche.

Dans le fond est une dame mise élégamment ; à côté d'elle une fillette d'une dizaine d'années, non moins élégante, et sur le strapontin deux autres enfants. La dame, Folla ne la connaît pas ; mais la petite fille assise près d'elle !... Dieu ! mais c'est Juliette ! Juliette Kernor, sa sœur de lait !

Folla joint ses mains maigres sur sa poitrine, et crie, affolée : « Juliette ! Juliette ! »

La petite fille de la voiture se retourne, fait un mouvement ; mais une vive rougeur couvre ses joues, et elle se détourne lentement, faisant signe de continuer sa route au cocher, qui a cru devoir ralentir l'allure de ses chevaux.

Et Folla voit filer dans la poussière la victoria légère, tandis que son ancienne amie, d'un air embarrassé, donne une explication à ceux qui l'accompagnent.

Folla demeure atterrée sur le chemin, enveloppée d'un nuage de poussière. Se peut-il qu'on ne l'ait pas reconnue ?

« Suis-je donc si changée ? » murmure douloureusement l'enfant, qui ne peut comprendre l'action blâmable qu'elle n'eût jamais faite, elle.

En effet, Juliette Kernor avait fort bien vu Sophie ; mais il lui était venu une fausse honte en s'entendant appeler devant ses petits amis par cette pauvresse mal vêtue.

Quel spectacle si celle-ci, ainsi accoutrée, l'eût embrassée en pleine route, comme elle le faisait autrefois !

Cependant Folla reprend courage en se disant :

« Juliette est à Marseille, bon papa et bonne maman aussi. Qui sait ! je les verrai peut-être ; je vais leur écrire. »

Aussitôt rentrée elle prit une feuille de grossier papier et y traça ces mots :

Chapitre XIII

« Ma chère Juliette, tu n'as pas reconnu ta pauvre Folla dans la petite fille en guenilles qui t'a appelée sur le chemin d'Endoume.

« Je pense à toi et je souffre ; moi, je t'ai bien reconnue, va ! Tu as passé devant notre porte, et tu n'y es point entrée ; devant moi, et tu ne m'as rien dit. Je suis bien malheureuse. Je t'en supplie, dis à bon pa..., non, à M. et Mme Milane de t'amener chez nous ; je donnerais tout pour vous revoir. Je n'ai pas de plus beau papier, tu me pardonneras, et je n'ai pas non plus d'enveloppe, parce que je suis trop pauvre. Je t'en prie, viens.

« FOLLA. »

Elle ferma la feuille, pliée tant bien que mal, avec quelques gouttes de bougie qu'elle y fit couler en guise de colle, puis elle réfléchit.

Elle ne savait quelle adresse mettre sur sa lettre ; sans doute ses bienfaiteurs résidaient à Marseille, à l'hôtel, mais lequel ?

Et puis elle n'avait pas de quoi acheter un timbre. Elle se résolut alors à partir.

« Je vais aller à la ville, se disait-elle ; je porterai moi-même ma missive, demandant aux plus grands hôtels si M. et Mme Milane y logent ; je finirai bien par trouver. »

Elle s'enveloppa d'un mauvais petite châle, et, après s'être assurée que la folle ne manquait de rien, elle partit, lui laissant le dernier morceau de pain qui restât à la maison.

Elle avait pourtant bien faim, la pauvre mignonne, et la route est longue d'Endoume au cœur de la ville ; mais Folla pensait aux autres avant de se servir elle-même.

Certes, toute autre enfant de son âge eût pu franchir cette distance en s'imposant une fatigue ; mais c'était plus pénible encore pour la pauvre fillette, qui était à jeun et fort affaiblie par les privations qu'elle endurait depuis longtemps.

Chapitre XIV
En route

Elle suivit le bord de la mer jusqu'au rond-point des Catalans, tourna à gauche, puis droit devant elle, boulevard de la Corderie.

Au carrefour Notre-Dame, elle demanda la route qu'il fallait prendre ; elle était si rarement sortie d'Endoume ! On lui indiqua la rue Grignan.

Dieu ! qu'elle était lasse ! Ses petits jambes fléchissaient sous elle, la tête lui tournait, et elle fermait les yeux en passant devant les boutiques des boulangers, pour ne pas apercevoir les petits pains dorés alignés dans la montre.

Elle s'assit sur les marches d'une petite maison close pour reprendre des forces, puis se releva bientôt courageusement en songeant qu'il fallait se hâter pour rentrer avant la nuit. De la rue de Rome elle déboucha au cours Saint-Louis, et fut étourdie du redoublement de cris, de mouvement.

Hôtels de Genève, de Rome, de Marseille, on lui répondit négativement. Elle remonta les allées de Meilhan, et, à bout d'énergie, vint échouer au seuil du bel établissement qui commence l'avenue Noailles.

Le suisse qui gardait la porte repoussa cette fillette mal vêtue, dont l'aspect misérable semblait indiquer une mendiante ; mais elle se redressa suppliante :

« Laissez-moi entrer au bureau, monsieur ; je veux demander si M. et Mme Milane sont ici.

– M. et Mme Milane ? fit l'homme, un peu radouci ; qui est-ce ?

– Un monsieur un peu gros avec des cheveux blancs, et une dame toujours habillée de noir avec une figure colorée. Ils ont avec eux une petite fille de ma taille à peu près, bien jolie, avec des cheveux blond cendré.

– Attendez ! Est-ce qu'elle ne s'appelle pas Juliette, la petite demoiselle ?

– Oui, justement, répondit Folla, dont les yeux noirs brillaient de joie, et qui eût sauté d'allégresse si elle en eût eu la force. Ils sont ici, alors ?

– Ah ! mais attendez, ma petite, je crois qu'ils sont partis.

– Partis... » Dans son découragement, elle laissa tomber la lettre qu'elle tenait à la main, et deux larmes montèrent lentement à ses paupières.

Le suisse fut pris de pitié en la voyant si pâle et consternée.

« Restez là, dit-il, je vais l'en assurer, car je puis me tromper. »

Il courut au bureau, et en revint promptement.

« Je faisais erreur, reprit-il, M. et Mme Milane n'ont pas quitté la ville, mais ils sont absents depuis ce matin.

– Alors, mon bon monsieur, vous seriez si obligeant de leur remettre ce papier quand ils rentreront. Vous ne l'oublierez point, n'est-ce pas ?

– Non, fit l'homme en prenant la lettre et en examinant curieusement l'enfant. Où allez-vous donc comme cela ?

– À Endoume.

– Vous savez où l'on prend l'omnibus, là, au bout de la Cannebière.

– Je vous remercie, monsieur, mais je ne le prendrai pas...

– Quoi ! à pied ?

– Oui. »

L'homme toisa la fillette ; sous ses vêtements usés elle avait bon air, la pauvre mignonne, et son joli petit visage, son corps émacié, gardaient une distinction naturelle.

Elle rougit sous ce regard ; il lui en coûtait d'avouer qu'elle n'avait pas même cinq sous dans sa poche pour payer l'omnibus.

« C'est bien loin pour vous, reprit le suisse.

– Aussi vais-je repartir tout de suite, pour ne pas être prise en route par la nuit. Je vous remercie, monsieur, et je vous recommande mon billet. »

Elle reprit sa course hâtive ; elle n'avait pu voir ses anciens amis ; mais au moins elle avait découvert leur adresse et pu remettre sa lettre ; c'était une consolation, un espoir pour son pauvre petit cœur meurtri.

« Viendront-ils ? » se demandait-elle douloureusement. « Et s'ils ne me répondaient pas ? Oh ! je crois que cette fois je mourrais de chagrin. »

Elle trottait le plus vite possible, car la nuit tombait, et elle aurait peur sur la route d'Endoume, souvent déserte le soir ou fréquentée par les gens de l'endroit, pour la plupart mauvais ouvriers et méchants Italiens.

Quand elle fut à moitié chemin, la force lui manqua tout à fait ; alors elle s'assit sur le bord d'un trottoir et pleura. Elle se sentait si lasse, si faible, et elle avait si grand-faim !

Mais, comme c'était une vaillante petite fille, elle reprit sa course, pensant qu'il faisait bien noir, que sa mère était seule au logis ; puis la brise de mer, à cette heure, soufflait bien froide sur son pauvre petit corps mal garanti. Son front ruisselait de sueur, et cependant ses dents claquaient ; son cerveau lui semblait vide ; de temps en temps elle trébuchait ou tombait sur les genoux, en buttant contre les pierres ; chaque pas lui causait une douleur dans la tête, mais elle n'y faisait point attention et murmurait en allant, allant toujours :

« Je marche, j'arriverai, j'arriverai. »

Elle arriva, en effet, dans ce pauvre bourg d'Endoume mal éclairé, et regardant mélancoliquement la mer, sombre ce soir-là ; Endoume, jeté comme un haillon bizarre sur cette adorable route de la Corniche, village habité par de pauvres hères ou des vagabonds mal famés, où le vice sordide s'étale sous un ciel d'azur et ce soleil étincelant.

Folla aimait Marseille, mais elle n'aimait pas Endoume ; ces gens lui faisaient peur.

Elle arriva, le cœur battant ; avant d'atteindre la maisonnette où elle comptait trouver Gervaise, un bruit étrange la retint : c'était comme un sanglot sortant de l'ombre épaisse, et en même temps des rires confus et des voix moqueuses.

Folla regarda autour d'elle, et ce qu'elle vit lui fit pousser un cri d'indignation et relever la tête avec une subite colère : une troupe de méchants gamins s'amusaient à tourmenter la pauvre Gervaise ; ils l'avaient surprise sur le seuil de sa porte, entraîné dehors, et se moquaient d'elle, déchirant sa robe, tirant ses cheveux gris et la faisant tomber pour la rouler à terre.

Gervaise ne paraissait point courroucée, seulement elle demandait grâce et gémissait douloureusement.

Folla bondit comme si elle eût retrouvé des forces soudaines :

« Méchants ! cria-t-elle, sans cœur ! voulez-vous bien la laisser en paix ! N'avez-vous pas honte de faire un jouet d'une pauvre femme sans défense ? »

Ils répondirent par des huées brutales ; mais, soit que l'intervention de l'enfant indignée leur imposât, soit qu'ils fussent las de leur jeu, ils lâchèrent Gervaise et s'éloignèrent en ricanant, non sans que l'un d'eux cependant, le plus robuste et le plus lâche de la troupe, n'eût allongé un grand coup à la fillette en lui criant : « Tiens, petite princesse, voilà pour t'apprendre à nous ennuyer. Il ne faut pas courir la pretantaine à ces heures-ci et garder la folle au logis, si tu ne veux pas qu'on rie d'elle. »

Folla reçut le coup sans pousser un cri ; déjà affaiblie par son long jeûne et par sa course affolée, elle ne put supporter cette dernière émotion et tomba, privée de sentiment. La folle demeura auprès d'elle, murmurant d'incohérentes paroles et tâtonnant dans l'ombre pour retrouver son châle.

Chapitre XV
Scène dramatique

Le galop d'un cheval se fit entendre à cet instant.

« C'est là, ce doit être là », dit une voix.

La voiture s'arrêta devant la maison des Marlioux ; trois personnages en descendirent.

« On n'y voit pas, murmura une autre voix. Arthur, entrez donc, je vous prie, vous nous direz s'il y a quelqu'un.

– Personne, ma bonne amie, pas un chat. Ma foi ! ce n'est pas de chance ; à moins que cette pauvre petite Sophie ne soit pas encore de retour, ce qui serait bien possible, car nous sommes partis au reçu de son billet, et notre voiture a dû filer plus vite que le tramway. Au moins devrait-il y avoir Gervaise ou son mari. »

Soudain une exclamation retentit : Mme Milane (car vous avez deviné quels sont les nouveaux venus) avait aperçu, à la lueur des lanternes, la silhouette maigre d'une femme qui surgissait de l'ombre, auprès d'un petit corps allongé à terre.

Tous trois se précipitèrent de ce côté :

« Folla ! » s'écrièrent-ils.

La tête échevelée et pâle de l'enfant était renversée dans la boue, et elle ne donnait pas signe de vie. Juliette la considérait toute tremblante, et sentait un grand remords lui mordre le cœur.

« Est-ce qu'elle est morte, bonne maman, dit-elle, la voix pleine de larmes, en tirant Mme Milane par sa robe.

– Mon Dieu ! murmurait celle-ci sans répondre à sa petite-fille, voilà donc comme nous la retrouvons ! voilà donc ce qu'ils ont fait de notre pauvre oiseau rieur, si gai, si gentil ! Pauvre ange ! comme elle a dû souffrir ! »

M. Milane souleva Folla dans ses bras et l'emporta dans la pauvre demeure, où, grâce aux allumettes qui se trouvaient dans sa poche, on put faire de la lumière.

Alors ils purent voir le dénuement de ce logis misérable : rien sur le poêle, rien dans le garde-manger, presque plus de meubles dans les chambres, car Marlioux avait dépouillé sa demeure au profit du mont-de-piété.

Dans l'étroit cabinet où couchait Folla se voyait son lit, qui n'avait pas été refait depuis plusieurs jours, et qui, creusé au milieu, gardait la trace du petit corps qui y cherchait vainement un peu de repos et de chaleur.

Sous les baisers de Mme Milane, Folla rouvrit enfin les yeux et se prit à sourire, tandis qu'une larme roulait sur sa joue.

Un bizarre incident vint interrompre les effusions de la petite fille avec les Milane.

À présent que la chambre n'était plus plongée dans les ténèbres, Gervaise pouvait voir quels étaient les envahisseurs de sa demeure ; elle avait d'abord aperçu Juliette, debout près de sa sœur de lait.

La figure de la folle rayonna d'une sorte de joie sauvage ; ses yeux mornes devinrent ardents.

« Ma fille ! c'est ma fille ! » cria-t-elle en étendant les mains vers l'enfant des Kernor.

Chapitre XV

« Bonne maman, j'ai peur », fit celle-ci en se serrant contre Mme Milane.

Et certes, avec son visage altéré par l'émotion et ses grands yeux dilatés par l'épouvante, elle ressemblait d'une manière frappante à la pauvre Gervaise.

Mme Milane ne disait rien, et les regardait toutes les deux.

Avidement, dans un geste fébrile, la folle alla à Juliette, qui se reculait de plus en plus pour l'éviter, l'assit de force sur une chaise, et la déchaussa sans qu'aucun des assistants, frappé de stupeur, pensât à l'en empêcher.

Quand elle eut mis à nu la jambe droite de la fillette et qu'elle tint dans sa main brune ce petit pied blanc et fin, elle poussa un nouveau cri, et cette fois dans ce cri il y avait une allégresse délirante.

Elle posa son doigt sur une petite cicatrice qui se montrait au-dessus du coup-de-pied, et y colla ses lèvres avec passion.

« Ma fille ! j'ai retrouvé ma fille ! » répétait-elle si ardemment, que tous se sentirent le frisson dans les veines, et que Folla se souleva sur son séant, malgré sa faiblesse, pour mieux voir.

« Juliette Kernor n'est pas votre fille, ma bonne Gervaise, dit Mme Milane d'un ton ferme. Vous voyez bien que vous effrayez cette enfant, relevez-vous et laissez-la ; votre fille est là, sur ce lit ; regardez-la, et ne lui faites pas le chagrin de la renier. »

Mais Gervaise demeurait agenouillée sur le sol, passant ses mains sur son front, non plus avec égarement, mais comme si elle ressaisissait dans sa pauvre tête, depuis si longtemps malade, la raison qui en avait fui.

« Écoutez, dit-elle enfin, je ne suis plus folle ; je l'ai été bien des années, je le sais ; à présent j'ai l'esprit tout à fait sain, je le sens, je vous le jure ; j'ai revu mon enfant, et cela m'a guérie. Madame, ajouta-t-elle en se traînant aux pieds de Mme Milane, atterrée, vous avez beaucoup à me pardonner, mais j'ai cruellement expié ma faute. Écoutez : l'enfant que j'ai remise il y a huit ans et demie à votre fille, Mme Kernor, ce n'était pas la sienne, c'était la mienne, ma blonde Sophie ; et j'ai fait ce coupable échange, affolée que j'étais, parce que mon mari était un voleur, qu'il allait être arrêté, envoyé au bagne, et j'ai eu peur que la honte paternelle ne rejaillît sur toute la vie de mon enfant. Je voulais qu'elle fût heureuse, qu'elle fût considérée plus tard, et non montrée au doigt comme la fille d'un forçat. Et voilà que depuis plusieurs mois un travail se faisait silencieusement dans ma pauvre tête : je voyais à mes côtés cette fillette brune qui me soignait, m'embrassait, m'appelait sa mère, et elle n'était pas à moi, et je savais bien que je n'étais pas sa mère, me demandant comment elle se trouvait là. À présent je comprends ; quelque chose s'est brisé dans mon cerveau en voyant cette enfant-là que vous croyiez vôtre, blonde et blanche comme je l'étais jadis ; j'ai compris qu'on a ramené à mes côtés celle que j'avais fait passer pour ma fille à moi, mais qui est en réalité une Kernor. Voyez, n'a-t-elle pas les yeux noirs de sa mère ? Et si vous ne me croyez pas encore, regardez cette petite marque blanche sur la jambe de ma Sophie ; c'est cela qui lève mes derniers doutes, si je pouvais en avoir après que mon cœur de mère eût parlé.

« Un jour (elles étaient bien petites alors les deux mignonnes), dans un accès de colère, mon mari brisa un base de verre dont les éclats blessèrent ma fille au-dessus du pied. J'ai fermé la blessure, mais la marque est restée, et j'en bénis le Ciel, puisqu'elle me permet de reconnaître mon enfant. »

Folla écoutait avidement, les lèvres entrouvertes, les yeux démesurément agrandis... Si c'était vrai, ce que cette femme disait !

« Voyons, dit M. Milane en intervenant, il ne faut pas prononcer de telles choses à la légère, madame Gervaise. Ce que vous avancez là est grave ; savez-vous que, pour un rapt d'enfant, car enfin on ne peut guère qualifier autrement votre conduite passée, il y va de la prison ?

– Je le sais, monsieur, répliqua Gervaise avec énergie en se relevant ; qu'on m'envoie en prison si l'on veut, mais qu'on me laisse ma fille, ma Sophie, mon enfant ! Mais regardez donc si elle n'est pas mienne : elle me ressemble ; c'est moi à quinze ans ; la vôtre n'a rien de moi.

– Gervaise a raison, dit tout à coup une voix masculine ; l'enfant avait au pied la cicatrice d'une blessure que je lui avais faite dans un accès de colère, je me le rappelle. Cré nom ! ma femme me l'a-t-elle assez reproché ! Elle ne se doutait pas que cela servirait si bien un jour. Seulement je ferai observer que la petite ne se montre pas très empressée à embrasser ses parents, perdus depuis si longtemps ; l'autre était moins demoiselle, je crains que nous ne perdions à l'échange. »

Félix Marlioux était entré pendant cette scène sans qu'on fît attention à lui ; il avait tout entendu, et intervenait à son tour.

On se souvient d'ailleurs qu'il avait trouvé une ressemblance frappante entre Gervaise et Juliette, en la rencontrant à Pallavas.

« Allons, petite, poursuivit-il en s'adressant à cette dernière, viens tendre la joue à papa. Eh bien ! nous sommes fière ?... tant pis ! »

Juliette, vers laquelle il s'avançait, poussa un cri de terreur et enfouit sa tête blonde désespérée dans la robe de Mme Milane.

« À moi ! mais viens donc à moi ! criait Gervaise en lui tendant les bras ; tu ne peux me repousser, moi, tu ne peux avoir peur de ta mère.

– Prenez patience, Gervaise, dit Mme Milane avec autorité, l'enfant a été trop brusquement surprise ; laissez-la reprendre un peu ses esprits.

– Ah ! madame, répliqua Gervaise en s'essuyant les yeux, je crains bien que ma Sophie à moi ne vaille pas votre petite-fille, celle que vous appelez Folla ! Il n'y a pas au monde d'enfant meilleure, plus délicate, plus oublieuse d'elle-même. À présent que la raison m'est revenue, je me souviens ; je puis dire avec quel dévouement elle a pris soin de moi, de moi qu'elle croyait sa mère et qui ne voulais pas l'appeler ma fille. Pauvre ange ! a-t-elle souffert ! Que voulez-vous, madame ! je pensais que ce n'était pas la mienne. Gardez-la bien, soignez-la bien, votre Folla ; vous lui devez beaucoup d'amour, presque une réparation, car elle a bien pâti chez nous. »

Et Gervaise se mit à raconter avec feu quelle était la vie de l'enfant pendant les mois passés, et comme elle supportait patiemment toutes sortes de douleurs.

Enfin on pensa à caresser Folla, à la couvrir de baisers, à lui demander pardon de l'avoir négligée involontairement.

Mais elle était si affaiblie, qu'elle ne pouvait répondre aux démonstrations affectueuses qui lui étaient prodiguées.

On s'aperçut alors de sa pâleur et de son silence.

« Qu'as-tu ? lui demanda Mme Milane inquiète. N'es-tu point heureuse d'entendre ce que dit Gervaise ?

– J'ai faim, répondit l'enfant d'une voix faible, grand-faim !

– Elle a faim, grand Dieu ! qui sait depuis quand elle n'a pas mangé, pauvre ange ! et nous qui... Vite, Gervaise, où pourrons-nous trouver quelque chose de réconfortant pour elle ?

– Je ne sais pas », répondit tristement l'ancienne nourrice. On oubliait qu'elle se laissait servir depuis longtemps, sans faire quoi que ce fût d'elle-même.

« Si vous voulez, j'irai, moi », dit Félix Marlioux en s'approchant humblement.

Il n'avait pas bu de toute la journée, par la raison qu'on ne lui faisait plus crédit nulle part, et que ses camarades ne lui payaient plus rien. Il avait réfléchi beaucoup, depuis un moment surtout.

Il prit la pièce qu'on lui tendait, et courut à la première boutique, d'où il put rapporter un peu de bouillon et du pain.

Folla se jeta dessus avidement. Mme Milane pleurait ; M. Milane regardait d'un air sombre sa petite-fille, sa véritable petite-fille, manger ainsi en affamée. Lui aussi songeait.

Il songeait que Juliette, l'enfant gâtée et personnelle, avait eu jusqu'à ce jour à la place de l'autre toutes les tendresses, toutes les joies : elle en avait profité en égoïste, regrettant tout juste sa sœur de lait pendant les premiers jours, parce qu'elle était seule pour jouer, et se consolant bien vite avec des jouets et des amies nouvelles. Elle n'avait plus parlé de Folla que rarement, ne demandant pas à la revoir, et tout à l'heure encore, sur la route d'Endoume, elle avait détourné la tête pour ne pas la reconnaître dans la fillette pauvre qui l'appelait.

« Madame Gervaise, dit-il enfin, vous avez raison, votre fille, la voilà ; nous vous la rendons, et reprenons notre petite Folla ; il est bien juste que la chère mignonne jouisse enfin de la famille et des avantages qui lui ont été enlevés injustement.

« Juliette, viens, ma chérie ! non pas toi, fit-il en voyant la fausse Juliette se diriger vers lui ; toi tu es maintenant et pour toujours Sophie Marlioux, et tu vas rester ici avec tes parents.

– Ici ? mon Dieu ! mon Dieu ! non, jamais, cria l'enfant en se tordant dans une crise de larmes. J'ai peur de cet homme qu'on veut me donner pour père, de cette femme qui veut m'embrasser. J'ai horreur de cette maison froide et noire. J'ai peur de la pauvreté, de la misère. Je ne veux pas être mal vêtue, mal nourrie, obligée de travailler et de salir mes mains à des ouvrages grossiers. Je ne veux pas, j'en mourrais. »

M. Milane lui jeta un regard méprisant.

« Vous voyez, ma bonne amie, dit-il à sa femme, ce n'est pas nous qu'elle regrette, ce sont les beaux vêtements, la vie facile. Cette enfant est pétrie d'égoïsme, et elle n'aime que sa petite personne. Dieu la punit, tout est bien.

– Non, Arthur, il ne faut pas nous montrer trop durs, répondit Mme Milane ; songez que le coup est rude pour cette petite, qui ne s'attendait nullement à ce qui arrive. Voilà ce qu'il faut faire : nous allons rentrer à Marseille, emmenant les deux enfants ; vous entendez ? les deux ; pendant qu'elles se remettront de leurs émotions, nous nous concerterons sur la manière d'agir à l'égard de la petite Marlioux.

– Hé quoi ! s'écria Gervaise, qui écoutait, vous allez m'enlever ma Sophie ? »

M. et Mme Milane se regardèrent.

« Emmenons-la aussi », dirent-ils ensemble.

Quelques instants après, ils remontaient en voiture avec les deux sœurs de lait et Gervaise.

On laissa un peu d'argent à Félix Marlioux, en lui promettant de le revoir le lendemain.

Et tandis que le cheval trottait sur la grande route, Folla (on continuait de l'appeler Folla), ses lèvres sur la joue de sa grand-mère, sa petite main dans celle de son grand-père, s'endormait d'un profond sommeil, brisée de fatigue et d'émotions.

Ce sommeil ne lui apporta que des rêves délicieux. On ne l'éveilla point pour la mettre au lit à l'hôtel de l'avenue Noailles, et le suisse qui en gardait l'entrée fut tout étonné de voir reparaître en tel équipage la petite pauvresse de l'après-midi. L'ex-Juliette Kernor, devenue pour toujours Sophie Marlioux ne dormit guère.

Tout le long du trajet elle avait sangloté, et elle continua toute la nuit, au grand désespoir de Gervaise et à la grande indignation de M. Milane. Mme Milane, plus indulgente, l'excusait. Tous les deux passèrent de longues heures à discuter la question concernant l'avenir de l'enfant des Marlioux.

Chapitre XVI
Épilogue

Les Milane n'ont point quitté Marseille et continuent à habiter l'hôtel Noailles. On ne voit plus avec eux la jolie fillette blonde et rose avec laquelle ils s'y étaient installés ; en revanche, une autre petite fille non moins jolie, mais brune et vive, les suit partout.

Folla est redevenue la Folla d'autrefois, pétulante, espiègle, rieuse, mais toujours gentille, avec un brin de gravité en plus ; car la souffrance mûrit, et Folla a souffert.

Elle a repris ses costumes élégants, sa douce vie et sa chère musique. Elle avait supplié ses grands-parents de garder avec eux sa sœur de lait, avec Gervaise.

M. et Mme Milane ont consenti à cet arrangement, mais en l'ajournant ; ils trouvent juste que l'orgueil et l'égoïsme de Sophie Marlioux reçoivent une petite leçon. Ils ont laissé Gervaise emmener Sophie à Endoume ; mais elles n'y pâtiront point, comme Folla y a pâti.

Gervaise est capable maintenant de soigner son petit ménage ; elle peut faire face aux dépenses, grâce à la générosité de M. Milane, qui ne veut pas voir Sophie vivre dans le dénuement ni même dans la gêne.

Celle-ci néanmoins ne peut se consoler de son changement de position ; elle est mal à l'aise dans ses vêtements très simples, mange du bout des lèvres les aliments apprêtés cependant avec tant de soin par sa mère ; elle souffre et se trouve à l'étroit dans sa chambrette pauvre, comparée à celles qui l'ont abritée jusqu'alors : bref, elle ne peut prendre son parti de sa disgrâce, et espère toujours que les Milane la reprendront ; elle sait qu'elle n'aura plus le premier rang dans la famille, dans leur maison, mais au moins elle reverra ce luxe qu'elle regrette.

Vous voyez quelle différence entre elle et la petite Folla, accourue de si bon cœur près de ses parents indigents, et pourtant dédaignée par eux !

Cependant le rêve de Sophie Marlioux ne se réalisa point aussi promptement qu'elle l'espérait : les Milane quittèrent Marseille, avec leur petite-fille, bien entendu, pour la faire voyager pendant quelques semaines.

Au bout de ce temps, jugeant l'épreuve suffisante, ils comptaient reprendre Gervaise et sa fille pour les installer à la Seille, où la première remplirait les fonctions de femme de charge. On tâcherait de caser Félix quelque part, et de le convertir à de meilleurs sentiments.

Or il se trouva qu'à cette époque Sophie, la vraie Sophie, était fort malade ; elle s'en allait de fièvre lente, couchée entre les quatre murs blancs de son petit réduit, qui lui faisait l'effet d'une tombe ; elle était aussi pâle qu'un marbre, et ses grands yeux étaient pleins d'une mélancolie navrée.

Cependant cette maladie lui devenait salutaire : elle changeait au moral comme au physique ; dans ses longues nuits sans sommeil, elle faisait son examen de conscience, et, en se comparant à sa sœur de lait, elle voyait enfin ses fautes, son égoïsme, sa vanité ; elle en eut honte, et, quoique triste encore, elle se montrait tendre et douce envers sa mère et supportait vaillamment son mal.

« Comme je voudrais vivre pour devenir bonne et pour aimer à mon tour, pour réparer mes fautes et me rendre utile ! » soupirait-elle parfois.

Mais il était trop tard ; elle était atteinte mortellement, et malgré les soins de sa mère éplorée et de Mme Milane, qui la fit transporter à la Seille, elle ne put guérir.

L'excellente dame fut vivement peinée en retrouvant en si triste état sa Juliette autrefois.

Cependant la campagne parut un peu ranimer la malade ; elle respirait avec ivresse l'air pur et les brises tièdes de ce lieu aimé. Elle passa ainsi l'été.

Il y avait un an, à pareille époque, elle était bien fière d'être la petite Kernor, et maintenant elle n'était plus que *la petite Marlioux*.

Mais elle ne se sentait plus humiliée que par le souvenir de son orgueil passé.

La belle saison s'écoula donc dans une tranquillité relative que troubla un seul événement : Félix Marlioux, qu'on ne pouvait corriger de ses vices honteux, fut écrasé par une voiture au chemin des Catalans, un soir qu'il s'y était laissé tomber ivre-mort.

Sa fille le regretta, car elle se disait : « Je l'aurais pourtant aimé, et je l'aurais peut-être ramené à nous en devenant bonne comme Folla. »

Et Gervaise pleura, car elle l'avait aimé.

Il fut décidé que l'ancienne nourrice ne quitterait plus la Seille ; quant à Sophie, on ne pouvait former de projets à son égard, tant que sa santé ne serait pas rétablie.

Elle eut encore quelques jours de bonheur au milieu de ses amis ; puis, au commencement de l'automne, elle s'éteignit doucement, sans souffrir beaucoup, dans les bras de sa mère.

Elle s'était fait chérir, et la bonne Mlle Cayer, de retour à la Seille après un long séjour dans sa famille, déclarait ne savoir laquelle elle préférait de ses deux élèves.

Folla pleura beaucoup sa sœur de lait, et demeura longtemps triste de sa perte ; puis elle se mit à l'étude avec ardeur pour réparer le temps perdu, ce qui put la consoler un peu.

Vous devinez si elle était gâtée par ses parents, qui voulaient la dédommager de tout ce dont elle avait été privée pendant quelques mois ; mais cela n'altéra jamais son caractère généreux et aimant. Elle resta la charmante petite fille qui donnait tout son argent aux malheureux, et savait rendre service à tout le monde. Aussi était-elle chérie de tous, et particulièrement de la pauvre Gervaise, qui disait souvent en essuyant ses larmes :

« J'ai perdu deux fois ma fille, mais j'en ai trouvé une autre qui me fait supporter la vie. »

Chapitre XVI

ISBN : 978-3-98881-813-3

Milton Keynes UK
Ingram Content Group UK Ltd.
UKHW042312160224
437951UK00004B/420